網約車
RIDE
OR
DIE
殺人事件

點子出版
IDEA PUBLICATION

CONTENT 目錄

網約車殺人事件

RIDE OR DIE

序章

Uper
請選擇目的地：
序章
預定

一、我

「偶然意味着沒有關聯的事情同時發生，
可見沒有事情絕對偶然，
相反偶然的事情是必然發生。」
——德國悲觀主義哲學家叔本華

第一次聽到周小姐提出以上論述，我先是摸不着頭腦，仔細一想又好像有些道理，後來又不以為然；既然是偶然就不會是必然了。

終於在九個月後的一天，我親身證實了叔本華這個極具禪意的設想——一連串「偶然」的人物和事情，「必然」地引發一宗又一宗殺人事件，起因是「偶然」間有三位毫不相干的女性，「必然」地在不同時空分別坐過同一部網約車。

而那司機是我。

二、周小姐

她指頭在空中打圈，示意我絞下車窗。其實現今所有車都用電動車窗，不用絞動，這是慣用的老手勢。我按住開窗按鈕，黑夜下反映在玻璃上的街燈燈光緩緩落下，車窗打開後，她的真面目一覽無遺。

「真係你呀？」她微微彎腰，視線與在司機位上的我水平相約。沒見面三年，她臉上多了幾處刺青，最顯眼的是右眼旁邊新添的黑色蜈蚣圖案。她原本的一頭紅髮染成純黑，臉龐清減不少，緊身黑色背心凸顯豐滿的胸部線條。

「周小姐，好耐冇見，上車先講吖，」我打開黑色歐洲五門房車的車門。我看看她身旁的大尼龍袋，「你上車先，我幫你放入車尾箱。」

周小姐說過，喚她 Kaman 會親切點，不過我改不了口，或許是我有意用生疏的稱呼與她保持距離。

「好呀！」她嫣然一笑，臉部肌肉帶動雙眼瞇成一線，令雙眼皮更加明顯。

我下車捧起沉重的尼龍袋，上面寫着「十件裝樹木澆水袋」。我幾年前曾與太太及當時只有一歲的女兒到周小姐的有機農莊參觀，看到所有樹苗的樹幹都被厚實的綠色膠袋包裹了一半，膠袋旁有條黑色拉鍊。她當時說，這叫樹木澆水袋，簡稱樹袋。先用樹袋包住樹木底部，然後拉上拉鍊，再從澆水袋注入約 10 公升清水，水會通過澆水袋內部的特別排水設計，慢慢流入土壤，讓樹根定時吸收水分。

那時候我很想打趣說，如果樹袋是銀色，會很像殮房屍袋。

五門房車又稱掀背車，車尾箱與車廂內部沒有阻擋，所以車尾箱很寬廣，足以橫臥一個成年人。但我仍花了不少力氣，好不容易才把樹袋擠進車尾箱。

「唔該哂，」已坐上後座的她轉身看看我，左臂跨越椅背，左手拍一拍尼龍袋，「袋嘢咁重，我一個人都好難搬得郁，好彩有你。」

她看我的眼神像獅子盯着獵物。

「唔使唔該。」我迴避她的眼神，匆匆關上尾門。

坐回駕駛座，我打開豎立於錶板上的電話，查看她下單的資料。「周小姐，你去嘅係錦田榕樹頭嘅農莊，地點啱唔啱呀？」

我是網約車 Uper 司機，駕駛的是豪華型車輛，歸類為次高級別的「Uper Dark」車種，收費較高。

以往我一個人經營六間餐廳，工作繁忙，下班都累得想死，不會像我的豬朋狗友那般當汽車是「老婆」，閒來「享受駕駛樂趣」，這只會給我徒增折磨，趕時間的話我會乘的士，其餘時間乘港鐵、巴士、小巴都很方便。但女兒出生後，為了方便接送她與太太，便買了這部車，萬萬想不到用來代步的工具卻變成了維生工具。

一場疫情，我所有的餐廳結業，亦賠上家庭。

「啱呀，」她彎身向前，嘴巴幾乎貼着我耳朵，「你仲記唔記得點去呀？」

「記得，」我靠前注視電話，借故離她遠一些，「就算唔記得，Uper 個 app 有地圖吖嘛。你坐好同扣好安全帶，要開車喇。」

「我好少出嚟九龍，點知會撞返你，」車子行駛時她拿出電話，按了幾下，「張相嘅你留咗鬚，差啲唔認得你。點解你會留鬚嘅？」

Uper 公司規定，所有司機都要拍下清楚看到容貌的照片，放上應用程式，防止司機找人替更，但我覺得這是公司採取的商業策略。

公司開張不到一年，在競爭激烈的網約車市場上已有約一成佔有率，生意算是不錯，原因是收費較其他公司便宜，另一方面是大部分男司機外表都不錯，有些更被網民瘋傳是「男團級司機」，引來不少女顧客，衍生出不少網上討論區的「Uper 老公關注組」、「Uper 應援團」等。

公司面試時沒有明說以貌「請」人，不過我及同事收到的乘搭後服務質素問卷意見調查中，每周都起碼有不下十次「司機好

靚仔」、「bfable」等評語。

「懶得剃吖嘛，」其實是生意失敗加上家庭問題，我沒有心情打理儀容，每天千篇一律黑衣黑褲黑球鞋，只要不太難看就好，「我都知我哩啡㗎喇，其實我哋揸車嘅，最緊要手車好同服務好。如果你滿意我嘅服務，麻煩你畀五星吖。」

「我又唔覺得你哩啡喎，唔，我覺得你比起幾年前 man 咗好多，應該有好多女仔鍾意你咁。係呢，你太太同個女點呀？」

我自小很窮，讀書成績極差，但我憑藉「冇嘢輸」的心態，在二十五歲與兒時好友車仔合資開了第一間小食店，到了四十歲出頭已經擁有六間口碑不錯的餐廳。我出身基層，吃慣苦頭，所以車仔見我找不到工作，就找我一起當 Uper 司機，我沒有考慮太久就答應。

我起初本着大丈夫能屈能伸的精神，誓言當個盡責的好司機，可是載到熟人或舊員工時看到「堂堂一個老闆乜搞到咁折墮呀」的眼神，就不禁無地自容，加上 Uper 公司五五分帳的苛刻條件，我一度想放棄，但一年的司機生涯見盡黑色暴雨或十號風球下照常上班的打工仔，以及比我生活更艱苦的升斗市民，便發現我比上不足比下有餘，開始調節心態：既不是偷又不是搶，自力更生有何問題？

雖然網約車在香港還未合法。

自尊一關過了，家庭一關卻難以衝破。一有人問及或評論我的家庭，我必須先叫自己冷靜，不能表現得太傷感，更不能有少許激動，否則我也不知道自己會做出甚麼來。

例如殺人。

「都係咁啦。」一有人問起我的太太及女兒，都是如此回答。

「你個女今年幾大呀？」

「四歲。」

如無意外。

「好耐冇見你帶你太太同個女嚟我農莊玩喇喎。」她的農莊一直都有舉辦親子植樹活動，我買過其中一小塊農地，栽種了一棵小樹給女兒當一歲生日禮物。我抓住她的小手放樹苗在泥土中，她開心得拍手，展露天使般的笑容，真正的天使也比下去。

有次女兒看到《格林童話》中有關死神的故事，當中有一幅拿着鐮刀的死神插圖，她怕得不敢看，我安慰說：「你咁得人鍾意，死神見到你都會唔記得咗自己嘅任務，用埋鐮刀幫你塊地除雜草。」

「忙吖嘛，早兩年我啲餐廳做唔住，執晒，咁咪揸 Uper 囉，做我哋呢行多勞多得，日做夜做都係想搵多啲。」

「唔怪得你做咗司機啦，以為你夜晚出嚟兼職咋，係喎，你會唔會幫人送貨㗎？我之前喺農莊隔籬間廠度買樹袋，上個月間廠執咗笠，我先特登出嚟買。」

「公司規定我哋呢類 Uper Dark 只可以載客，除非你都一齊搭車啦，我就可以話係客人嘅隨身物品。」

「但係我過幾日會去外國個幾月呀，啲樹袋好易爛，兩個星期唔夠就要換一批，本來諗住訂多十個，但係咁啱冇貨，要下個禮拜先有。」

「你不如 Call 貨車吖，我都識啲司機。」

「其實以前有叫過貨車送其他貨嘅……依家唔會啦，農莊冇人，啲司機會就咁放喺農莊大閘外面，唔係俾野狗咬爛，就係俾人當垃圾咁掉咗。不如咁吖，我俾農莊鎖匙你，你幫我擺入去，我加多啲錢吖。」

其實，我只要登出 Uper 的應用程式就表示「下班」，我的車與 Uper 已無關係，所以「工餘」時間我也替過不少人送貨，賺點外快，她大概也知道這個不成文的「行規」。

網約車或者的士，行內都稱呼一單生意為「旗」，我每支旗Uper抽五成佣，與其讓Uper坐享其成，倒不如跟熟客私下交易，很多行家都這樣做。

不過我從未試過直接開閘把貨送入客人的私人地方，一時有些不知所措。

「咁好似唔係咁方便喎。」

「有咩唔方便吖，都識咗咁耐。」

「係啫，但係話晒係私人地方。」

「咁你考慮下先啦，」她看上去有些失望，「你電話號碼冇改吖嘛？」

「係呀，你有咩需要咪call我或者WhatsApp我囉。」

「需要？咩需要呀？」她似有所指。

「我意思係想call車可以唔使經Uper app直接搵我，我計返八折畀你。」

「除咗Call車呢？」

「咁其實送貨都得嘅。」

「外賣呢？」她笑說。

我笑了笑。「咁就要搵 Fast Paced 喇。」

Fast Paced 是知名外賣平台。我工作時間不穩定又獨居，一日三餐幾乎都叫外賣。

我原以為她開玩笑，但她接着說的卻不像說笑。

「我意思係個外賣係『你』喎。」

「我唔係好明。」

「我要……」她伸出手指碰碰我的耳背，我從倒後鏡看到她不尋常的笑容，「食咗你。」

然後她噗哧一笑。「同你講笑咋，睇下你，耳仔都紅哂。」

「我梗係知你講笑啦，要食都食小鮮肉啦，我幾廿歲。」我不禁又從倒後鏡看她，三十多歲的她散發成熟女人的韻味。

談笑間汽車已來到錦田廠房林立的區域，廠房已經全數停運，

而且位處偏僻，沒有路人，只有幾隻瘦骨嶙峋的野狗遊盪，儼如災難片中的死城。

經過疫情、經濟不景、北上消費等種種因素，香港已成為不折不扣的重災區。

過了廠房區，駛入崎嶇的林蔭小道，約三分鐘就到達農莊。農莊面積約有四分一個標準足球場，外邊圍着三米高牆，圍牆頂部插上有如箭頭的防盜尖刺。昔日農莊的外牆粉飾光鮮，此刻油漆掉落，佈滿青苔，周圍雜草叢生。

我暗暗嘆了一聲。破舊的農莊可以修補，感情呢？

她下車，好不容易才推開生鏽的大閘，我開車駛進去裡面的小路，周圍只靠十多盞掛在圍牆內側的橙黃色燈泡照明。經過那棵送給女兒，已長至約一米高的小樹時，當日女兒拍手大笑的畫面重現，我的兩行眼淚悄悄滑下。

我把汽車停在農莊中央的小屋前，這裡是周小姐辦公及貯存工具的地方。她關好閘後，走向正從車尾箱搬出尼龍袋的我。

我偷偷拭去淚水。「我幫你搬埋入去吖。」

「唔該晒你呀，」我以為她會打開小屋的門，她卻走到小屋

的轉角處，向我招手，「呢邊吖。」

我捧住尼龍袋走了過去，沒有問她要往哪兒。

她總不會害我……吧？

她引領我到農莊盡頭的一幅牆，掀去釘在上面下垂的一塊黑布，露出了一道木門。她打開門鎖及木門，另一邊是向下延伸的木樓梯。

「跟我落去吖，」她按下門邊的燈掣，樓梯至下方便燈火通明，「第二級樓梯爛咗，唔好踩落去呀。」

「我之前嚟過都唔知有呢個地方。」我走到門前打量一下，樓梯大概兩三米長，約有一層樓高；樓梯懸空而建，兩旁有木扶手，下面是約三百平方呎的地下室，客廳陳設有梳化、小桌和一些奇形怪狀的小石像。

「你住喺度㗎？」

「落去先講吖。」

我先進去，跨過第二級樓梯再往下走，她關好門便跟着我來到地下室。

「啲嘢放埋一邊得喇。」她指向牆角的空間。

我走過去，背向她彎腰放下尼龍袋，我一轉身，她已無聲無息站到我身前不到半米的距離。

她的舉動勾起三年前的情景。

當年我、太太和女兒來這裡植樹，我獨個去小屋找她取泥鏟，她俯身在大型工具箱摸索時衣領下垂，露出一雙渾圓的曲線，我移不開貪婪的視線，噗通噗通的心跳聲充斥斗室。好一會她才站直身子，一步一步向我走近，直到二人距離不到半米。

她的眼神充滿挑逗，我倆四目交投，我緊張得心臟快要從嘴巴跳出來。

「嗱。」她拿起泥鏟，遞到我眼前。

「唔該。」我接過泥鏟便匆匆離開。

此時的她手中沒有泥鏟，閒着的雙手繞到我後頸，踮起腳尖，吻我雙唇，她急促呼吸時從鼻孔滲出的氣息，彷彿迷煙；我們胸膛緊貼，雙方心跳聲已然融為一體，三年前的慾望試探一觸即發。

隨着揮灑的汗水和野性的呼喚靜止，我倆都沒有穿回衣服，

臥在梳化上滿足地喘息。

「你好耐冇做過呀？」她坐起，反手在打開梳化旁邊的雪櫃，取出兩罐啤酒，一罐遞給我，笑嘻嘻地說，「你好『餓』咁喎，搞到我腳都軟埋。」

我如此「飢餓」，大概是為了發洩長期壓抑的鬱結。「算耐啩。」

我拒絕了她的啤酒。我一年前已決心戒酒，希望如果有天重遇太太，我不會再借醉發狂。

我枕在她腿上，她「咔嚓」拉開啤酒罐拉環，呷了一口，然後重重呼氣。「你知唔知我想『食』你好耐㗎？」

「幾時嘅事？」我拭去從啤酒罐滴在我面上的水珠。

「第一次見你嗰時你抱住你個女，我就好想得到你。」

「即係點呀？」我大惑不解。

「我都唔知呀，」她聳聳肩，「或者我天生就唔抵得人幸福啩。」

正對梳化的牆壁上，東歪西倒地貼着多幅寶麗來照片。我穿上褲子，走過去一幅一幅細看，全是周小姐與一個女子的合照。

「佢係咪五噸半女神呀？」我轉身問她。

「五噸半女神」曾被多間傳媒報道過，她是網約貨車 GoVanGone 的五噸半貨車司機，年約三十，身軀嬌小卻能抬起三包十多公斤的白米。她的真名我已經記不起，只記得她總以背心熱褲示人，身材出眾，身上經常斜掛着小巧的啡色斜孭袋，肩帶越過胸襟，更顯她奇峰突出。一副鄰家女孩的臉孔卻如男人般嘴角叼着香煙，反差極大，有時駕車時碰到這個尤物與硬漢的混合體，我的目光都會不期然投向她。

周小姐點點頭，一邊伸展雙腿肌肉，一邊穿回衣服。她走近牆壁，看着其中一張照片。「佢係咪好索呢？」

我本想回答「梗係啦」，不過我知道女人都很介意男人在自己面前讚美其他女人，我只道：「你哋係朋友？」

「算係啦，我本來搵佢幫我送泥呀工具呀之類嘅嘢，慢慢就做咗朋友，不過自從佢向我表白，我就冇再搵佢喇。我唔介意佢鍾意女人，亦唔到我介意，始終人地鍾意男人或者女人係佢嘅事，不過我好清楚我淨係鍾意男人。」

我不禁非常「政治不正確」地想，五噸半女神如此標緻，不喜歡男人太浪費了。

「咁做唔成情侶都可以做朋友啫。」

「佢唔係咁諗呢！我拒絕咗佢之後就要生要死，又成日跟蹤我，仲有呀，你睇下。」

她給我看電話中一張照片。

遊戲規矩是這樣的
當你傷害我而殺不死我
你後悔是應該的
因為接下來就是我的回合了

「佢喺農莊外面幅牆寫埋啲恐怖嘢，我最怕就係呢種人，癲起上嚟真係乜都做得出，隨時殺咗我都有份呀，後來聽其他貨車司機講，」她指向自己太陽穴，「佢呢度有啲事，成日要去精神科覆診。佢睇落正正常常，點知會係咁。」

她這樣算是直接歧視精神病人，比我更政治不正確，她這番話如果放到網上，一定被人圍攻。

我忽然想到，我喝酒後就判若兩人，也是精神問題的一種嗎？

「所以我去咗外國一排避佢，」她指向一旁的數個雕像，「呢堆神像就係我喺外國蒐集返嚟。」

「原來呢啲係神像……」我看着其中一個神像上刻着Kaman，「你搵人雕自己個名上去呀？」

「Kaman 係土耳其一個城鎮，中文譯做卡曼，我喺土耳其買嗰時已經刻咗上去㗎喇。我好細個去過 Kaman，覺得呢個名好好聽，風景又靚，就成日諗大個咗要去多次。」

「睇唔出你信埋呢啲神怪嘅嘢喎。」

「我覺得幾靚咋，買下買下就買咗咁多喇，」她走向其中一個接近一米高的土黃色、面部輪廓如歐洲人的石像，「呢個係我最鍾意嘅，叫『叔本華的偶然』。我記得嗰陣喺德國間古董舖買佢嘅時候，店主話佢附咗叔本華嘅靈魂，只要向佢許願，佢就會帶畀人『偶然』嘅驚喜。」

然後她說出了叔本華「必然的偶然」的論點。

「咁你有冇向佢許過願呀？」我上前打量一下這尊「叔本華的偶然」。

「有呀，我幾個鐘頭前去買樹袋，call 車嘅時候就突然間諗，

唔知你會唔會出現幫我搬嘢呢……我都唔知點解突然諗起你。我個心就向佢許願，想佢帶你嚟見我。我一打開 Uper 個 app，揀咗地點之後你唔使三秒就接咗我張單，你話神唔神奇呢？」

「又真係幾神奇嘅。」

「不過店主話，呢個像好邪，只要達成一個心願，就會攞走許願嘅人嘅一樣嘢。」

「會攞走啲乜嘢呀？」

「唔知喋，」她蹙一蹙眉，「我條命啩。」

「真喋？」我吃了一驚。

「真又好假又好，我就唔係好信囉，我估係個店主亂講。」她輕撫石像。

然後她又提起自己是會計出身，疫情時農莊被逼暫停營業，便重操故業，為一些涉及非法勾當的公司做數。「諗起嚟都有啲險，俾人查到監都有得坐。」

「其實我都有幫人送過私煙。做司機搵得唔多，養車都冇咗一半收入，仲要驚俾人抄牌，又驚啲的士佬放蛇，不過好似你話

齋，俾人拉到真係監都有得坐，我之後都冇做。」

我們再閒話家常一會，離開前經她再三遊說，我才同意為她定期取樹袋。她交予我農莊及地下室鎖匙，並叫我記得離開後鎖好大閘，便捲曲在梳化上抱頭大睡。

我獨個步出地下室，電話叮叮噹噹響了十幾下，一時間收到多個客戶叫車的提示及朋友的短訊，才發覺地下室收不到訊號。

我坐到車上，臨開動前向「叔本華的偶然」石像許願，祈求一家團聚，隨即我又害怕起來：甚麼東西會被取走呢？我的性命嗎？若果真能與太太及女兒見面，死又何妨。

隨即我就笑自己迷信，世上哪有這種事？

周小姐是我當了一年網約車司機後，遇到第一個改變我命運的女性。

半年後，我遇到第二個。

三、 妹頭

有人說過，原始慾望面前人人平等，不論是富人或窮人，只要兩情相悅，所得到的歡愉都大同小異。

自從與周小姐的一夜情緣後，便敞開了我以肉體關係緩解憂傷的康莊大道，並讓我懂得觀察女性客人們的暗示。半年內我經歷了多段激情艷遇，對象包括有夫之婦、按摩技師、大學生、辦公室女郎、生意人、單親媽媽等多種不同身份的女人，當中也包括了與周小姐所維持的長期關係。

好友車仔問過我，有沒有看中其中一個，想要安定下來？我堅定說不會，我只沉醉在交換溫柔的一刻，過後各不相欠，她們都只是霧水情緣，哪來這麼多一生一世？

我希望一生一世的人，從來都是我太太。

不過，有時我會想起那位按摩技師，因為我從她的眼神中發現了與其他女人不一樣的光芒。

這天，我又遇到一名單身女性客人，不過就算她流露怎樣的渴求（雖然她也絕對不會），我也不會答應。

「你係咪 Uper 嘅利生呀？」女性客人問。

「係咪你 call 車呀？」烈日之下，我在烏煙瘴氣的貧窮老區下車，看着坐在輪椅上，老態龍鍾的老婆婆，她與身後的破舊士多同樣飽歷風霜。程式上的叫車客人頭像是 Chiikawa 圖案，我還以為是年輕女子。

「唔好意思呀，我架車上唔到輪椅，不如我問下公司有冇其他車吖。」

「唔係我 call 車，係佢，」老婆婆轉頭向士多大叫，「妹頭，架車到咗喇，出嚟啦。」

一個身穿小學校服的小妹妹走出來。她眼睛圓大，紮起孖辮。她遞給我一罐汽水。「叔叔，請你飲吖。」

「多謝，」我下車接過汽水，蹲下溫柔地問：「妹妹，你叫咩名呀？讀幾年班呀？」

「我叫黃凱臻，爺爺叫我妹頭，讀四年班。」

「妹頭，你係咪想自己一個坐車呀？」

「係呀，我冇信用卡，不過爺爺有畀零用錢我，我喺個 app 度揀咗畀現金。」她從書包取出 Chiikawa 銀包。

「個銀包好靚喎，你爺爺送畀你嘅？」

「唔係呀，係姨姨送畀我嘅，」她展示銀包內幾張二十元鈔票及硬幣，「呢度夠唔夠呀？」

「夠，不過你咁細個，要大人陪先得㗎。」

「我對腳唔爭氣，陪唔到妹頭去，」老婆婆說，「我又要看舖，俾事頭知道我行開咗，炒鱿魚都有份。」

「事頭」是老一輩的用語，意思是老闆。

「你爸爸媽媽呢？」我問妹頭。

「去咗馬來西亞做生意，去咗好耐好耐都未返嚟。」

我瞥見老婆婆一臉憂傷，大概已想到妹頭的父母永遠都不會回來。

我看看 Uper 應用程式內妹頭選擇的目的地。「你去伊利沙伯醫院做咩呀？」

「我去搵爺爺，佢去咗成個星期，我好掛住爺爺，」妹頭說到這裡已經眼淚汪汪，「我好驚佢好似爹哋媽咪咁唔返嚟。」

老婆婆向我招手，我走近她，她才輕聲說：「事頭早幾日做做下嘢暈咗，入咗醫院，利生，你做下好心送妹頭去吖。」

「咁妹頭個姨姨呢？」

「佢唔係成日喺香港。」

妹頭走過來拉一拉衣袖。「叔叔，你車我去吖。」

她懇求的神態很像我女兒。

「爸爸，買 Chiikawa 公仔畀我。」女兒的懇求言猶在耳。

「好啦，叔叔帶你去，上車啦。」我從 Uper 應用程式下線，以私人身份陪她去醫院。

車程中，妹頭問我：「爺爺會唔會死㗎？」

我不知道她爺爺的病情，也不忍心說「人人都會死」，只道：「點會呢？」

「爺爺成日話佢自己好老，一定會早死過我，佢仲話唔怕死，最怕死咗之後留低我一個人。」

她這句話，更加證實她父母已經不在人世。

「咁你姨姨呢？」

「佢係爺爺嘅朋友，唔係成日嚟探我。」

我誤會了那個姨姨是妹頭的親人。

到了醫院，妹頭問我車費多少，我說她已經付了，就是她給我的汽水。

我帶她到病房，幸好她爺爺沒有大礙，過兩天就可以出院。

我一生人進出過醫院很多次，最開心的一次是女兒出世，最傷心的一次也是為了女兒。

妹頭爺爺很感激我，每次到醫院檢查都會私下聯絡我載他去，並給予小費，見面時都噓寒問暖，把我當成兒子般看待。

妹頭是我當了一年半網約車司機以來，遇到第二個改變我一生的女性。

三個月後，我遇到第三個。

四、 老婆

我每晚都會有意無意地駕車到這幢樓齡不足五年的大廈外，十樓其中一個單位曾經是我們一家三口的安樂窩。

尤其記得每當我下班回到家樓下，太太都會抱住女兒在窗邊向我揮手。

我想念這裡的一切。

這晚收到客人叫車，我就順裡成章舊地重遊。

這位客人的頭像是 Chiikawa，用戶名稱是由客人隨意自訂的，是一串在外人眼中隨機取用的數字，對我來說卻有特別意義。

是女兒的生日年月日，是湊巧嗎？

十時三十五分，過了約定時間五分鐘，按照公司規定，司機需要透過應用程式的短訊功能提醒客人。不過想起舊事我還是有點激動，樣子一定很難看，需要多幾分鐘調整心情，所以沒有找客人。

我打開歌曲播放器，打算聽歌分散注意力，偏偏播放器隨機播出譚耀文的《假使你聽得見》：

我過得很好如昨天

可惜你看不見

但病老生死誰能免

對你的祝福如昨天

假使你會聽見

待地老天荒再重見

歌詞講述對逝者的思念，彷彿代替我對女兒送上祝福。

這天是我女兒意外墮樓身亡兩周年，她當時就伏屍在這幢大廈的正前方。

我總是帶着淚去聽這首歌，就在我淚流滿面時，朦朧中看到一道身影從大廈的暗處步出。

五年前一個情人節晚上，我一下子被這身影迷住。那時她二十多歲，與一個中年男子步入我的餐廳，坐在卡位。她穿着辦公室服裝，流露着睿智的大眼睛晶瑩剔透，大有專業人士的風範。她兩眼通紅，全身微微發抖，雙拳緊握，似在強忍淚水。

「請問兩位要咩呀？」侍應走近問。

「轉頭先。」男子說。

「先生，last order 喇喎。」

「轉頭先呀！」

「咁你哋諗到嗌我啦。」侍應無奈地說。

侍應一走開，女子就激動地向男子說：「陪我一次啫，咁樣都唔係好過分吖！」

「我淨係話見一見你，冇話同你食飯喎。」男子很不耐煩，站起來又說，「有咩聽日返公司先講啦。」

她慢慢抬起頭，眼神堅定。「你聽日唔會見到我，我辭職。」

「哎，你又嚟啦，我哋咪講好咗……」

「你夠講好咗話同你老婆離婚啦！」

「我都話要啲時間……」

「我要同你分手！」

「隨便你！」男子拂袖而去。

「老細，」侍應正好經過我身邊，輕聲說，「仲以為個女人會一哭二鬧三上吊，個男人咁就走咗，冇戲睇。」

「做嘢啦，多事。」

侍應「哦」了一聲便忙着去招呼一雙一對的客人，而我就叫水吧倒了一杯紅酒。我端着紅酒送給那正垂頭啜泣的女子。

「我冇叫酒喎。」她拭去剛流下的眼淚。

「請你飲嘅。」

「唔使喇，我坐一陣就走。」

「咁好啦，你慢慢坐。」

她想一個靜靜，我也不便打擾，正要走開時她叫住我。「先生，我……都係想飲酒，不過唔使你請喇，我會畀錢。」

之後她一杯接一杯地喝，直到餐廳打烊她也沒有離開，因為她醉了，伏在桌上沉睡。所有員工下了班，只有我留下坐在她對面，看着她鋪在桌上的長髮，飄起一陣陣髮香，我也醉了。

之後她每天都來餐廳光顧，我們漸漸熟絡。她告訴我情人節當晚和她來的男人，是她前上司，也是地下情人。「我以為佢會同佢老婆離婚，不知不覺就過咗兩年，我係時候要醒。」

我也告訴她，我曾經有過一段失敗婚姻。「我同個朋友搞飲食，開頭生意麻麻，爭落銀行好多錢，前妻成日怨我發老闆夢，

不如走去揸的士仲好，慢慢就嫌我冇出息，唔想同我捱，就同咗第二個一齊。我之後就發奮，諗住證明畀佢睇我唔係發夢。後來生意越做越好，開咗六間餐廳，我先發覺，原來我已經唔再愛佢，或者講，原來我唔係真係咁愛佢。」

那女子比我小十多歲，但我們十分投契，終於由無所不談的朋友，變成老闆娘。

生意伙伴兼好友車仔告誡我，老夫少妻通常沒有好結果，我想，我也不是大她很多，況且愛情不分年齡。

事實證明車仔沒有説錯。

在譚耀文哀傷的歌聲中，那身影已經走到車旁，她是我太太。我按下開門按鈕，穿着便服的她上了車。以往我經常接送她，她總會坐前座，此刻她坐在後座。

「麻煩扣一扣安全帶，我要開車喇。」我抑壓着複雜的情緒，以專業司機的口吻説。

汽車行駛了一分鐘左右，我們都沒有説話，過了一會太太才淡淡説：「可唔可以播其他歌呀？首歌好 sad，聽到個人好唔開心。」

「個 player 都係幾十年前嘅歌，唔介意吖嘛。」

「是但啦。」

我掃了一下播放清單，換了譚耀文的《愛難留》。

甘於一生透支 只想假裝你未變
一刻已消散像場夢 烙印深
縱使再追憶痛哭 始終也不能改變
唯同影子再相愛 淚留盡在我心 in my mind

「又係譚耀文，過咗咁耐你都係好鍾意佢咁喎。」

以往，除了照顧女兒和工作，她幾乎沒有嗜好，也不喜歡聽歌，除了我在家播譚耀文的歌時她「被逼」聽。

她總說譚耀文的歌「好怪」，其實是他的曲風多樣，爵士、藍調、搖滾兼而有之，非多數人喜歡的流行曲類型，與其說奇怪，不如說她太世俗。

我經常想，如果與同樣喜歡譚耀文的人一起生活，必定是賞心樂事。

「我份人好長情，你知㗎。」我從倒後鏡看她，隱約看到她

額上淺淺的傷疤。

「我知，仲知道你好鍾意飲酒，飲醉酒就發酒癲，郁手郁腳。」

「你知 COVID 搞到冇人嚟我餐廳幫襯，我心情唔好先飲兩杯啫，我都同你道咗歉啦，你仲想點呀！」

「道歉大晒呀？你殺咗人道句歉又得唔得呀！」

她的這句話激起我心中一個解不開的結，氣忿得在馬路中心煞車。「到底琪琪跌落樓嘅時候你去咗邊！」

「你癲咗呀！做乜停喺路中心呀！」後面的車瘋狂響咹，急忙扭軚繞過我的車，有些司機更以不堪入耳的粗言破口大罵。

我解開安全帶，轉身盯着她。「琪琪跌落樓嘅時候你去咗邊！」

「我咪喺屋企囉！」

錄口供時太太跟警方說，當時大約晚上十一點，我正在餐廳工作，只有她在家中與女兒琪琪睡覺，太太在夢中醒來，發現琪琪不在。她聽到樓下非常嘈吵便下樓查看，發現琪琪伏屍大廈前。

「仲講大話！你嗰時落咗樓，留低琪琪一個喺屋企，係咪！」

「我點會留低佢一個呀？」

「你趁我返緊工，落咗樓見嗰個男人！」

她閃過一絲吃驚的神情，明顯是被我說破秘密。

「樓下個 security 同我講晒喇，琪琪跌落樓之後，屋企樓下有個男人同你一齊呀！」

「佢係我老闆嚟㗎咋，佢……咁啱經過。」她吞吞吐吐，擺明心虛。

她不喜歡與外人同住及希望女兒能與自己更親近，分娩後沒有聘請家傭，辭去收入不錯的工作，專心相夫教女，後來我的餐廳陷入困境，她便接一些在線工作幫補家計，除了必要時要回公司與上司及同事開會，而我會配合她抽時間回家照顧女兒。

「老闆會攬到你咁實？定係你條仔呀！」

「你都黐線㗎，費事同你講！」

「你仲唔認，你走咗呢兩年，電話都轉埋，梗係去同你條仔一齊啦，」我用力抓住她的手，「你害死我個女呀！你害死我個女呀！你害死我個女呀！」

「你份人就係咁㗎喇，」她含着淚，不住顫抖，「有咩咪平心靜氣講囉，三句唔埋就郁手郁腳。」

此時，一架警察電單車由後方駛來。我放開手，坐回駕駛坐並扣上安全帶。交通警察來到我的車旁，下車敲敲車窗。我絞下車窗。

「做乜停低架車喺路中心呀？」他問。

「我揸揸下車突然有啲暈，咪停低一陣囉。」

「駛唔駛叫白車？」

「可能未食飯血糖低，」我指一指錶板上的罐裝汽水，「飲啲甜嘢就冇事。」

那是士多小女孩妹頭三個月前送給我的汽水，我不喜歡甜味便沒有喝，一直放着。

「冇事就快啲開車，唔係就泊埋一邊飲啖汽水，你咁樣好危險㗎，唔好累人吖嘛。」

我點點頭便驅車前進。

被交通警察分一分神，我才驚覺剛才十分激動，差點一拳揮向太太。

「好，咁你講吖，究竟件事係點？」我問她。

「我要講嘅都講晒，信不信由你。」

「咁你呢兩年去咗邊吖？電話號碼都轉埋，想搵你都搵唔到，你知唔知我擔心你吖。」

女兒離世前，我們的關係已經開始變化，她犯了大部分母親都犯過的問題，就是過於緊張女兒，女兒一有少許病痛就憂心忡忡，總怕她會死於非命，我勸她不要太擔憂，她就罵我只顧工作，完全沒有理會女兒及家庭。

我很無奈，我所有汗水都是為了她們。她說要汽車代步，原本討厭駕車的我買了車及當隨傳隨到的「司機」。我與太太從甜蜜的夫妻，變成了沒有感情、共同撫養女兒的伙伴，關係跟同屋主無異。

女兒離世後，我與太太唯一的牽繫斷裂，再沒有話題，在同一屋簷下沉默地「如常」生活，幾個月後，連同屋主的關係也終結。

她找到工作，只留下一句會離開香港一段時間的話。這一段時間足足兩年。

她用姆指及食指按壓兩邊太陽穴，顯得有點不適。「因為我真係唔知點樣面對你，其實我仲愛你，所以先冇同你離婚，不過……」她欲言又止。

「不過咩呀？不過咩呀！」我催促她。

「不過……我今次返嚟香港，就係為咗見你最後一面。其實我返咗嚟幾日，諗住打電話約你出嚟見面，但係我始終都冇打到，我好矛盾……我返咗去我哋以前住嘅地方行下，點知我 call 車嘅時候，竟然喺個 app 度見到你，估唔到你做咗 Uper 司機。我一直都想坐你車，但係掙扎咗好耐都係拒絕咗你嘅單，到咗今日先專登嚟呢度撞下你，如果你喺附近，我就揀你部車坐。」

怪不得之前每到這附近，我都會被某個客人取消訂單。

「你走咗之後，我喺餐廳一間一間咁執笠，層樓都供唔起，變咗銀主盤，車仔見我冇嘢做，寧願住劏房都唔肯賣部車，就介紹我跟佢做 Uper。」

「咁點解你唔賣咗部車呀？」

「因為部車係我同你同琪琪嘅唯一回憶，」我從倒後鏡望一望她，她也從倒後鏡望一望我，「可唔可以坐低傾下……不如我哋喺返埋一齊吖。」

「今次嚟見你就係為咗同你講呢樣嘢，我啱啱離開香港嘅時候，我覺得係一種解脫，因為可以避開唔開心嘅事……同埋避開你。我諗住我可以忘記你，但係原來唔得，呢兩年嚟，我日日都諗起你。」

當我以為我們可以復合，她卻說出一句無可挽回的話：我要留下，就要有二百萬港幣。

常言道「錢可以解決的問題就不是問題，問題是沒有錢」，我此刻深深體會。

「我會諗辦法，你畀啲時間我。」我堅定地說。

「可惜我冇時間。」她再按壓兩邊太陽穴，並從手袋拿出俗稱鐵丸的鐵質補充劑，放入口中。她一直有缺鐵性貧血，總是昏昏欲睡，嚴重時甚至不省人事。

「你唞下先，到咗酒店叫你。」我說。目的地是在尖沙咀一間酒店。

「如果到咗我都未醒，」她閉上雙眼，「你再兜下先，我過一陣冇事。」

不到十分鐘就到達目的地，以我經驗，她沒有一個鐘是不會醒來的。

她說的「可惜我冇時間」在腦中縈迴，我真希望時間不再流動，或者香港沒有尖沙咀，那麼她就不會離開我。可惡的是尖沙咀沒有消失，很快已經到達酒店。

「到喇。」我轉身向她說。

網約車殺人事件

RIDE OR DIE

■ 1KM 放蛇

當網約車司機的最大好處是自由，隨時隨地都可以上班，也隨時隨地都可以休息。不過 Uper 有些不一樣。

Uper 的老闆賀小姐三十多歲，聲稱沒有階級觀念，常常強調「僱主員工是一家人，賺錢雙贏才是王道」，又懂得從女性角度利用俊俏司機吸引女性顧客，在網約車行業內算是做得有聲有色，以新手老闆來說合格有餘。

不過缺點是她太過親力親為，也太過急進，總是坐在客戶服務部回覆查詢，常常跨過公司平台利用人脈找客源，得悉有趕時間客人肯付額外車資叫車，就利用定位系統找出在客人附近的司機，直接通知到某地接客，就算那司機表明沒有空，她總能軟硬兼施令人答應。說穿了就是她硬來居多。

我告別太太之後，就領教了她的硬攻。

駕駛時接到她的電話，我心中暗叫不好。

「Hi，利記，我係 Kamala 呀，我睇到你個定位，你依家喺旺角喎！」賀老闆總愛以暱稱稱呼旗下司機，又會以自己的英文名自稱，以示親切，「食飯未呀？你去緊邊呀？」

我肯定她一定不是關心我吃飯了沒有。「未食，去緊深水埗。」

「你去緊接旗？嗰邊有旗咩？奇怪喇，系統冇顯示嘅？」

「我約咗人食飯啫。」我撒謊。

「約咗車仔呀？」

「係呀。」我跟車仔約好，只要私下接旗時恰巧賀老闆來電要求收客，都會稱與對方有約。

不過我一會不是去接旗。

「我啱啱搵過車仔，佢喺深水埗，本身諗住叫佢去油麻地接支大旗，個客肯畀多三百，但係佢話去緊睇戲喎，咁咪問下你得唔得囉。」

糟了，原來她已經找過車仔，我只好自圓其說：「係呀，我等佢睇完戲一齊食飯。」

「應該冇咁快散場，不如你去載咗個客先啦，最多你哋食飯張單我埋吖，記得攞單同我 claim 返喎。」她說得親切，可我一聽就知道那是裝出來的，「記得攞單同我claim」肯定是順口開河。她續說：「今晚都唔知搞乜鬼，成街警察，好多司機都驚俾人捉唔敢開工。啱啱 send 咗個客啲資料畀你，快啲去喎，要人等就唔好啦，辛苦晒你呀！」

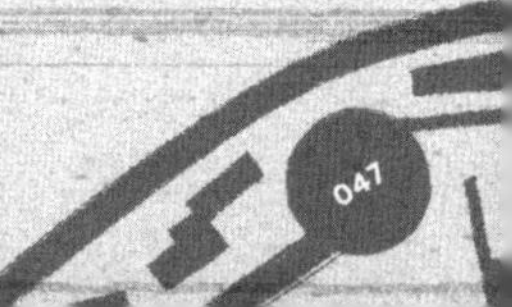

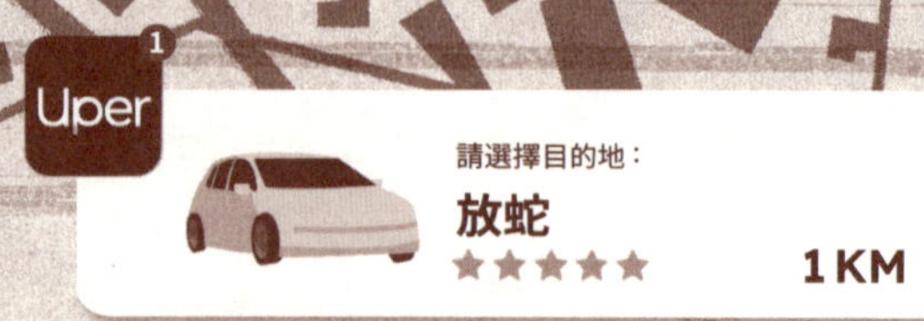

她說罷馬上掛線，不讓我有拒絕機會。

我起初也覺得奇怪，油麻地本是網約車熱門接客勝地，從來只會供過於求，竟然有人肯付額外酬金叫車，原來各路行家都怕惹官非。

根據《道路交通條例》，使用私家車或輕型貨車作非法出租或取酬載客即屬違法，可處罰款、停牌甚至監禁。

我打開 Uper 司機專用應用程式，找到賀老闆傳送給我的客戶資料，用戶名稱是「reddevils」。我飛快地到達油麻地的指定地點，希望盡快完成任務再到深水埗。

「咁L耐㗎！」我一停車，路旁一個街坊裝束的白髮中年男人走近。

「唔好意思呀，我都係啱啱收到公司柯打。」我說。

「早知你咁耐先到，截的士好過，X！」他一邊發牢騷，一邊上車。

他的目的地是大角咀，如果坐的士，的士司機一定會因為是短途車而沒有好面色。禮貌方面，網約車優勝得多，儘管我們擺出的是「職業笑容」。

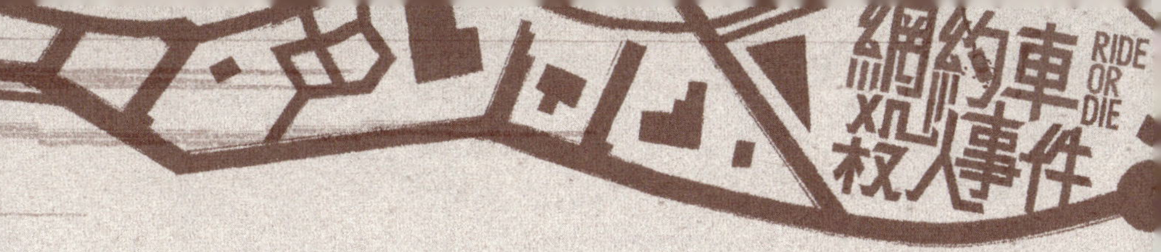

油麻地往大角咀只需幾分鐘車程，不過燈位多，行駛一會就要停下。

我停在一個燈位前，白髮乘客就拍打我的椅背。「喂，黃燈就好踩油啦，停乜L嘢車呀，係咪撈㗎！」

「先生，安全啲好，好快轉燈㗎喇。」

「安全？X！咪話我唔教精你吖世侄，揸得搵食車最緊要快，踩多兩轉咪賺多啲囉，」他又吟沉，「咁L耐都未L轉燈，搞乜L嘢咁L多燈位㗎，如果我話得事我實拆L晒啲燈，我行路都快過搭車呀X你老味！」

「咁你又唔行？」我想。對了，這麼短的距離，為甚麼他寧可多付三百元也不走路呢？

再過了三個燈位，汽車快要轉入大角咀一幢工廠大廈外，電話彈出車仔的短訊：「有鬼，唔好停車，兜去另一面。」

我正在駕駛，不方便回覆短訊問他原因，雖然知道他非常神經質，喜歡小事化大，不過他很少使用這般嚴肅的字眼，加上他又怎會知道我快將到工廠大廈，莫非他在附近？是否有警察在監視呢？

「先生，唔好意思，我兜去另一邊畀你落。」我說。

「點解呀？」白髮乘客大叫，「我要喺前面落呀！」

我沒有停下，越過工廠大廈，在前方的街口右轉，同時白髮乘客對着電話說：「條白牌狗唔肯停車，你哋即刻去工廠後面截佢老味。」

「白牌狗」是指我嗎？白髮乘客是警察？

此時又傳來車仔的短訊：「唔好停車，好多鬼埋伏，踩油直去九龍殯儀館後門。」

我一轉入工廠大廈後方，有三個中年男子迎面跑來，朝着我的汽車指手劃腳。

果然有鬼！

我一踩油門，汽車疾駛而去。汽車來到楓樹街，前面就是九龍殯儀館的後門。我看到一輛非常眼熟的白色私家車，旁邊站立着一個身高 183 公分的男子，一頭烏黑中分髮型，面部輪廓分明，帶點韓星車銀優的氣質，俊朗非凡。

那是車仔的汽車，「車銀優」正是車仔！

車仔打手勢叫我停在他的汽車後面，然後急步跑上，打開我的汽車左後門，搶去白髮乘客的電話，拋向車尾。

「你……想點呀？」白髮乘客被來勢洶洶的車仔嚇倒，呆了一呆。

「夠膽喺我地頭搞事，仲問我想點！」車仔指住白髮乘客的鼻尖，「落車！」

「兄弟，我搭車咋喎，邊有搞事呀？」

「我叫你落車呀！」說着伸手抓住白髮乘客的衣襟，想強行拉他下車。

「你想點Ｌ樣呀，放手呀。」白髮乘客不住掙扎，到差不多被拉出車外，突然起腳踢向車仔門面。

車仔吃痛，鬆開了手，掩着面大叫。白髮乘客趁機爬向另一邊想打開右方車門，車仔馬上向我說：「利記，lock 住道門，唔好畀條Ｌ樣走甩！」

一切發生太過突然，我根本來不及反應，一直扮演「觀眾」，車仔的喝叫令我驚覺我大概是這場紛爭的「主角」。我未及按下鎖門按鈕，白髮乘客已經推開車門，跑了出去，高呼救命，可是

他很快就叫不出聲，因為他被一條從天而降的巨大身影壓倒——車仔爬上車頂，躍向另一端制伏了白髮乘客。

車仔粗壯的手臂箍住白髮乘客的頸項，拖行對方，只見白髮乘客手腳亂舞，用力掙脱，但他瘦削矮小，用盡九牛二虎之力也是徒勞。

「利記，攞埋佢部電話跟住我！」車仔説着把白髮乘客拖入殯儀館對面的大廈後巷。

我抓住那電話，手忙腳亂跳下車及鎖上車門。跑到過去，堆滿破舊帛事花牌的後巷中，車仔高大的身軀背向我，他面前是被推至跌坐地上的白髮乘客。白髮乘客手腳並用在地上往後移，車仔便一步步迫近對方。

「仲捉你唔到，紅魔鬼！」車仔一個箭步，上前踢倒白髮乘客及踏住他的面。

「咩紅魔鬼呀？你點錯相喇兄弟。」白髮乘客萬分驚慌。

「我起 L 晒你底喇，的士狗！」

我終於明白是甚麼一回事！車仔短訊中的「有鬼」，不是俗語中的「內鬼」或「臥底」，而是「紅魔鬼」。近三個月在網上

的士司機討論區中，網名「紅魔鬼」的用戶自稱是紅色的士司機，誓言要假裝網約車乘客，拍下網約車司機的接客罪證並報警。累計已有四個網約車司機被捕。

那麼剛才在工廠大廈的三個中年男子不是警察，是他的同黨。

「利記，開佢部電話睇下。」車仔說。

我打開電話。「鎖咗呀。」

「密碼！」車仔向紅白髮乘客說。

「我係紅魔鬼，」白髮乘客終於承認，「不過我冇偷影喎。」

「我冇話你偷影咩？你仲鬼拍後尾枕！」車仔抄起擱在牆上一支用作帛事花牌支架的破竹支，以尖銳的一端貼近紅魔鬼的右眼。「密碼！」

「我講喇，」紅魔鬼閉上眼，「1878。」

我輸入密碼，開了電話，車仔伸手取過，按了幾下，畫面出現了我在車上的背影。紅魔鬼從後偷拍我，並錄下我們的對話。車仔刪去片段後，移走踏在紅魔鬼臉上的腳及挪開竹支。

「我警告你，以後唔准再搞我啲兄弟，唔係你死 X 梗，」車仔重重把電話擲在紅魔鬼身上，「我知你邊間的士行㗎，報警就燒 L 咗你間舖！」

紅魔鬼拿回電話，慢慢爬起，顫抖着說：「兄弟，你搞我好喇，唔關其他人事……喂，你邊瓣㗎？」

「點呀，想覆啅呀？聽住喇，我大佬係馬交棟，我係佢頭馬肥烈，畀面嘅可以加個『哥』字！」

就算後巷十分陰暗，也看到紅魔鬼面無血色。「肥烈哥，我真係唔知 Uper 係棟哥睇㗎，有怪莫怪呀。」

為何紅魔鬼一聽到馬交棟就如此驚慌？馬交棟是甚麼人？車仔與馬交棟有何關係？車仔幾時改名叫肥烈？

車仔扔掉竹支，雙手搭在紅魔鬼雙肩。「我話你聽，你咁樣倒人地米係賤格！如果個個學似你咁 L 樣，懶正義去放的士狗蛇，捉你拒載、濫收車資、呃遊客錢、兜路、亂 X 咁 cut 線，你仲有冇得撈呀，下！」

一講到的士司機的惡行，紅魔鬼雙眼閃出大義凜然的光芒。「我行得正企得正，怕咩人捉呀？係班白牌狗冇攞牌非法出嚟搶生意先怕人放蛇咋！」

車仔手背輕輕拍打他的面頰。「你班 X 街的士狗同我講行得正企得正，X 你老母！」

「唔係個個都係咁㗎！」紅魔鬼一派出淤泥而不污的驕傲。

「你講 L 夠未呀？攞彩呀？」車仔推開他，「走，返去同你班『同類』的士狗飲夜茶啦！」

車仔轉身向我說：「利記，我哋走。」

我看到車仔身後的紅魔鬼一臉不忿，從後巷另一端離開。

「車仔，條友好凶狠喎，會唔會報仇㗎？」我問。

「佢個樣就凶狠，做就碌 L，你睇唔到咩，佢聽到馬交棟即刻淆晒底啦。」

「邊個係馬交棟呀？」

「你條友仔食女就叻，講到『時事』就乜都唔知。澳門有條友唔知叫乜棟，花名馬交棟，係呢期澳門最出位嘅大佬，二叔公你聽過啦，江湖傳聞話佢哋最近合作搞緊幾單大嘢，馬交棟同佢個頭馬肥烈周不時嚟香港搵佢傾嘢，好似話其中一單係搞網約車生意。」

二叔公名頭之大連無知的我都聽過，他四十多年前開當舖起家，發展至今已成為大集團，提供貴重物品當押以及借貸服務。為了令生意越做越大，他不惜工本籠絡各個幫派，慢慢成為地下世界有實無名的第一把交椅，風頭早過蓋過江湖中威望最高、綽號「光頭」的江湖猛人。

「所以紅魔鬼都應該收到風，聽過馬交棟個名，你就冒認肥烈嚇個的士佬！喂，你邊忽肥呀。」

「我邊忽肥？」車仔笑吟吟，抓住我的手作狀要摸他下體，「Feel 下你咪知囉。」

「X 你咩！」我甩開他的手，「你點知紅魔鬼放我蛇㗎？」

「賀老闆打嚟話有條友加三百去大角咀，問我去唔去，大嚤嚤三百蚊喎，傻嘅都知唔妥啦，咁我咪呃賀老闆話我去睇戲，其實去工廠等佢，順便睇下邊條戇 X 仔中伏，點知就見到你架車，我都估到㗎喇，成班手足係得你咁 L 戇 X 嘅啫。紅魔鬼一早畀人起晒底，個樣一早通晒天。」

「我又真係幾戇 X 嘅，」我不得不承認，「我以後都要多啲上網睇下嘢。」

「其實最戇 X 嘅係賀老闆，見錢開眼，乜旗都接，佢咁 L 樣

遲早瀨嘢！下次佢叫你接旗諗清楚先呀。」

「唔同你講喇，我約咗個客，趕時間，你一陣有冇嘢搞呀？」

「冇呀，有旗彈畀我呀？」

我拿出電話，給車仔一個短訊。「幫我去攞啲嘢，間舖就快閂門，我趕唔切去攞。」

車仔看看電話。「『十件裝樹木澆水袋， Kaman Chow。』乜鬼嘢嚟㗎？」

「幫個客送嘅貨。」

「你條友吖，我當你兄弟，你當我速遞，」他笑說，「叻仔喎，又有秘撈，嗱，我幫你，你爭我餐飯呀，omakase 走唔甩啦……咦，Kaman Chow，咁熟嘅。」

「你見過佢一次㗎喇，記唔記得你同我哋一家人去過錦田嗰個農莊種樹呀？」

「我記得喇，周小姐吖嘛，點解佢搵你唔搵我送貨㗎。」

「我靚仔吖。」

「我明喇，你上咗佢，所以佢畀生意你做！下次見到佢要叫聲阿嫂先。」

「攞完啲袋擺住喺你架車度先，遲啲嚟攞。」

我説罷匆匆跑回汽車，往深水埗找我要找的人。

他是我的熟客。

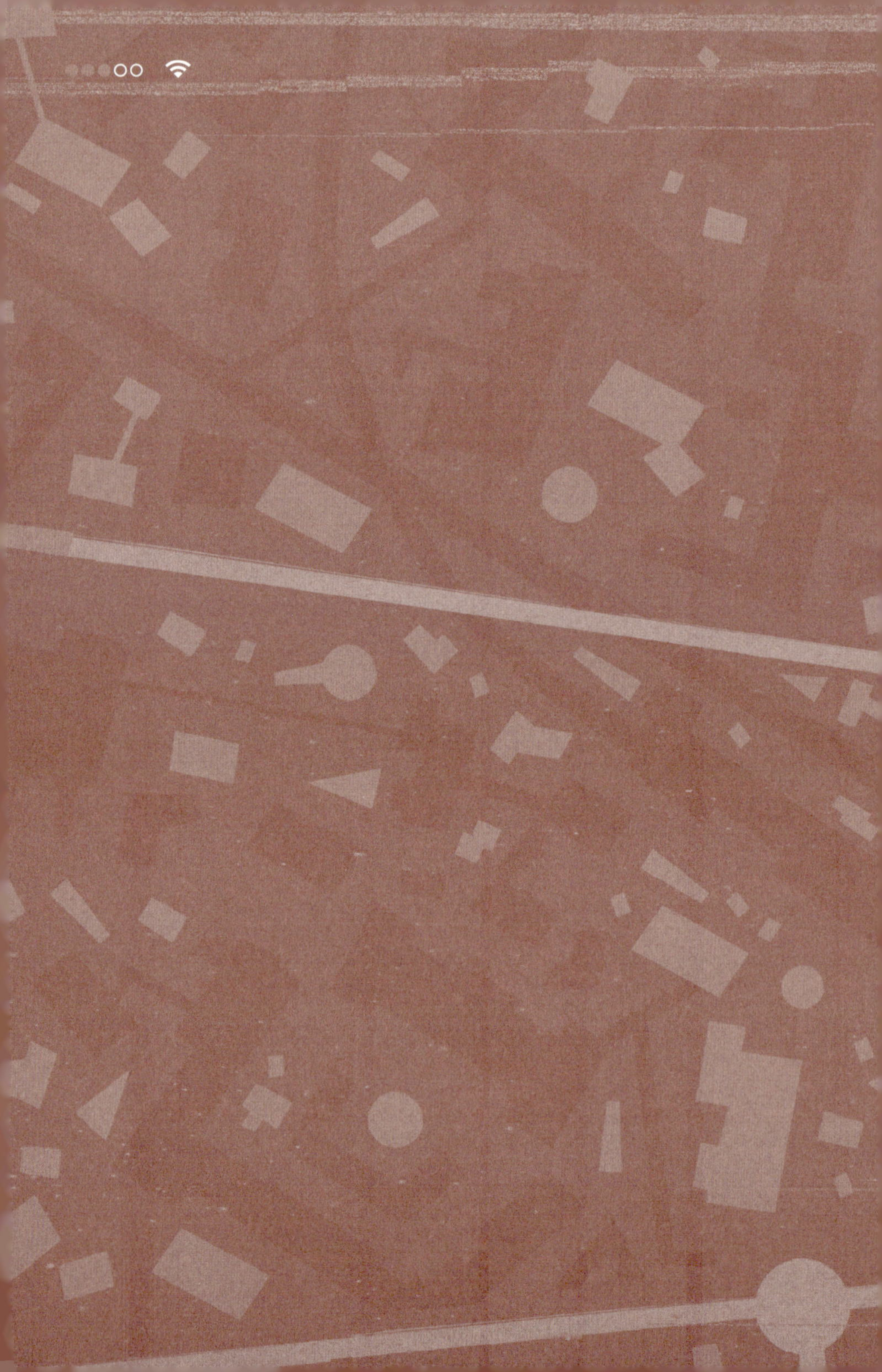

網約車殺人事件

RIDE OR DIE

▪ 2KM 熟客 

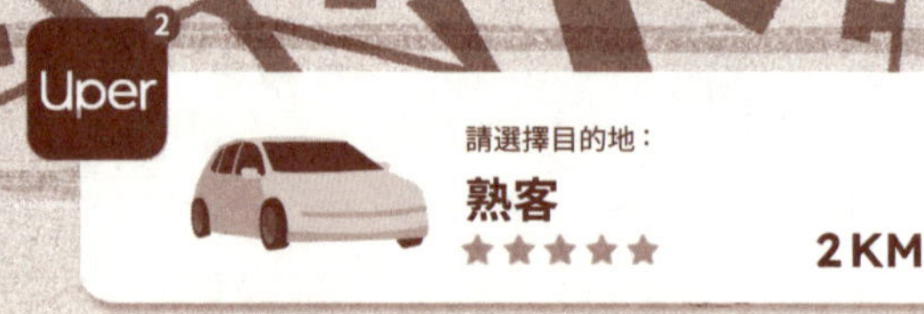

駛至深水埗與熟客約定的地點附近，我先把汽車泊在幾條街之外，畢竟我將要做的事見不得光。我下車，穿越潮濕陰冷的窄巷來到北河街。晚上的北河街十分寧靜，只有清道夫在清理垃圾，以及一些貌似無家可歸的長者在路旁喝啤酒。

先確定旁人沒有注意到我，才在一間已關門的店外輕輕敲打鐵閘。

「邊個呀？」另一邊傳來一把女子聲音。

「我係文仔呀，約咗歎叔。」我全名利耀文，朋友都叫我利記，只有長輩才叫我文仔。以年齡來說，我是那女子的後輩。

隨着對方「哦」的一聲，鐵閘中間的小門打開，我正要入內，年屆七十的熟客迎出。我稱呼他歎叔，平日精神很好，這夜卻十分頹喪。

「文仔，你有冇揸車嚟呀？」歎叔拉我出店外，「麻煩車我去一個地方吖。」

我與歎叔見面不是為了接旗，而是有求於他。

「有，咁我哋嘢……」我說。

「哎吔，真係大頭蝦，」他拍一拍腦袋，轉身向那女子說，「你喺收銀機下面攞袋嘢畀我吖。」

她以雙手助自己轉身及入內後，歎叔向我說：「真係唔好意思呀，你要嗰二百萬暫時畀唔到你住，過兩日我再諗辦法。」

「點解呀？你驚我篤你出嚟？我發誓我一定唔會，你信我吖！」

我與歎叔認識日子很短，不過他覺得我有恩於他，一外出就會私下聯絡我接送，我們一個星期起碼見面十次，就這樣我與他熟絡起來，不久他就告知我他不為人知的一面。

他年輕當兵時中槍，被迫提早退役，其後於江湖人士開設的酒吧、夜場、指壓中心、Disco 等場所擔任保安員，即是「睇場」；到了年紀漸長，體力下降，應付不起大大小小的肢體衝突，又不想家人為他與非法行為扯上關係而擔心，便利用多年的積蓄開設小店，打算安享晚年。

起初生意還過得去，近幾年就跟包括我在內的小本經營老闆同一命運，不是掙扎求存就是結業收場。

就算他的生意沒有受到影響，他的晚年活動絕對稱不上享受，更是難受，這一點我非常清楚，因為我與他的經驗類同，某程度

上他所受的苦是我兩倍。

他被迫重出江湖，當上私煙及太空油拆家，生活改善了，不過就天天擔心被捕。他要販賣私煙太空油，就需要有駁腳及送貨員，但一直顧慮託付的人會出賣他。遇上我後，就認定了我是可靠的人，於是「高薪聘請」我幫他送貨。

我不想犯法，一直婉拒，直到太太需要二百萬元，我才在一個多小時前打電話答應歎叔並要求「預支」二百萬元報酬。他聽到很高興，還說要好好答謝我，此刻卻突然反口。

「我又點會話唔信你先得㗎，」歎叔垂頭嘆息，「總之……總之就一言難盡啦。」

「咩嘢一言難盡呀？你講畀我聽啦。」

「文仔，你身家清白，有啲嘢你唔知好過知呀，總之你信我，嗰二百萬我死都死畀你。」

見他如此堅定，加上我有求於他，我也無可奈何，只有點點頭。「好啦，你想去邊呀？我車你去啦。」

「元朗明達小學。」

明達小學於 1998 年停辦，至今已 27 年多，那兒四周都是墓地，都市傳説指那裡一到晚上就陰風陣陣，校舍內鬼影幢幢，有學生曾經去靈探後集體撞鬼，其中更有人自殘，所有的士司機都因怕沾染邪氣而「合理地」拒絕前往，早前更被外國傳媒形容為「亞洲十大恐怖地點」。

「去嗰邊條路換緊街燈，成條路封咗喎，同埋周圍都係地盤範圍，我估冇其他路入到去。」

「咁你車我去附近，我行入去得㗎喇。」

以我所知，於最近明達小學的一段馬路下車，走路去至少要一個鐘，而且很多行人路都破破爛爛，就算歎叔老當益壯也一定非常吃力，我於心不忍。「咁啦，我哋上車先，我問下行家有冇其他路入到去。」

那女子從店中出來，把一個殘破褪色旅行袋舉起，交給歎叔。我隱約看到旅行袋印有已倒閉的旅行社標誌。

我與歎叔穿越窄巷，走回我的車，途中他緊緊抱住旅行袋，左顧右盼，似是怕被人搶去。旅行袋中的東西一定很重要吧！會不會和那「唔知好過知」的事有關呢？

開車前，我先確定 Uper 應用程式已關閉，免得被賀老闆騷

擾，並啟動公用網上地圖，輸入往明達小學的路線。

「歎叔，扣好安全帶，我要開車喇。」我向後座的歎叔説。

他正好伸手入旅行袋摸索，好像在確定甚麼似的，然後拉好拉鍊，才扣上安全帶。「開車啦。」

一路上，平日很愛説話的歎叔沒有吐出半個字，只有我忙着跟行家探路的通話聲音。我先打給車仔，但他應該接客中沒有接電話，而很多行家都不知道有哪條路通向明達小學，除了 Uper 司機 Dickson 有建議。

他是元朗人，自稱元朗地膽，是少有未夠三十歲的全職司機。碩士畢業的他不是找不到工作，而是不甘心日日坐在辦公室與老闆困獸鬥，跟有如同囚的同事一起「坐監」，做司機起碼可以選擇顧客，想去旅行就可以隨時休息。

「你就嚟去到元朗公園嘅時候唔好直行，要轉入村屋隔籬河邊條小路，」隔着電話都好像看到 Dickson 雙手比劃路線，他一向動作多多，「行前啲會見到間好殘嘅公廁，公廁右邊有條向下嘅斜路，落到底有塊爛地，剷出去有條路行返出通向明達小學嘅大路，不過嗰邊啲換緊街燈，得啲工程燈閃閃下，揸過去嘅時候小心啲。」

「好，唔該晒，下次食飯我嘅，遲啲再傾。」

「咪收線住，賀老闆有冇話個客畀幾錢貼士呀？」

「咩嘢幾錢貼士呀？」

「你唔知咩，頭先賀老闆係咁 call 元朗附近嘅兄弟去明達小學喎，話有個大客叫七、八部車車啲人入去，但係就話個客冇講加幾錢，淨係知起碼加五百，又話未知啲人幾時上車。仲以為你收到 call 㖭。」

「我都冇 online。」

「咁你無啦啦點解入去呀？」

「我咁啱車個客去啫。」

「入去靈探呀？」

「我冇問呀。」不是沒有問，是歎叔不肯說。

「提下你，今晚元朗嗰邊好多差佬查車，你架車有啲咩嘢唔見得光嘅嘢好掉咗佢喇。」

「黐線啦你，你估我係你咩『武士』，我架車不知幾乾淨呀！」

Dickson 最近替一間道場運送進口武士刀，屬於進口管制品。道場沒有申請牌照。

我又說：「賀老闆都提過好多差佬查車，會唔會係捉我哋呢啲司機呢？」」

「似係喇，最近有條的士狗周圍放蛇，唔知係咪佢報警呢？」

九成是紅魔鬼捱打後「無差別報仇」。

掛線後，歎叔問我：「頭先聽到你話好多差佬查車，係咪呀？」

「係呀，喺元朗嗰邊。」

「一陣如果有差佬截你部車，你唔好停，衝過去！」

「咁點得呀！」

「最多我加你錢吖！」

「唔係錢嘅問題，我咁樣釘牌都有份，隨時監都有得坐呀！

歎叔，究竟發生咗咩事呀？係咪有啲咩嘢事你一定要趕住去明達小學呀？你講畀我聽啦。」

「我都好想話畀你知，不過我真係唔想連累你，」歎叔呼了一口大氣，「事到如今唯有聽天由命啦，我後生打仗嗰陣時殺過咁多人……報應呀，報應呀。」

然後我問了很多問題，他都一言不發。

汽車到了元朗公園附近，我便轉入村屋旁的河邊小路，駛至殘破公廁，歎叔叫我停車，他不住喘氣。

「你點呀？」我轉身打開頂燈，看見歎叔拿出哮喘噴霧器塞入口腔，吸了幾口，身體微微抽搐，「使唔使車你去醫院呀？」

他擺擺手。「我呢副硬骨頭，邊有咁易有事吖，我上次發作都以為死梗，點知死唔去，可能個天知道我有嘢未做完，唔畀我去住。」他的聲音已微弱到幾乎聽不到，額上的汗珠如同黃豆般滴下。

「但係你好唔掂咁喎，去醫院隱陣啲。」

「我去廁所洗個面冇事㗎喇。」他深呼吸幾下，打開車門，我想下車扶他去公廁。

「得㗎喇，唔使扶我，你喺度等我一陣，我順便屙篤尿，」他把旅行袋交給我，沉甸甸的，「幫我睇住先。」

我見他入了公廁，就回到駕駛座等待，我掂量一下旅行袋，比一疊五百張的 A4 紙重，裡頭究竟是甚麼呢？我想打開看看，但又好像很缺德，便隨手放在旁邊的座位，但是一不小心放不穩，旅行袋掉落地上，底部朝天。我伸手拾起時，可能是旅行袋太過殘舊，拉鍊滑開了一道縫，裡面的一件東西滾入座椅下。

我霎眼看到那東西如拳頭大小，似是一疊捲起的紙張，是否冥鏹紙錢呢？莫非歎叔真的去明達小學靈探，用以疏通靈界的「朋友」為他辦事？

我跪在副駕駛座上，彎下身，頭頂貼地，伸手入去椅下摸索，摸到一捆紙質的圓柱狀物件。觸感非常熟悉，幾乎可以肯定不是一般 A4 紙或紙錢。

我拿出來，坐直身體端詳着那東西，一切道德包袱已經拋諸腦後，兩根手指捏緊旅行袋的拉鍊，慢慢拉開，袋中塞滿了與那東西一模一樣的東西。

我差點就叫了出來，內裡竟是約一百捆的千元鈔票，估計一捆有一百張，總數就是一千萬！

歎叔拿這麼多錢出街做甚麼？他不是說沒有錢給我嗎？不對，他只是說暫時不可以給我。這些他是用來江湖救急的嗎？牽涉到他的私煙及太空油勾當嗎？

一想起可能是與罪案有關，我就害怕起來，坐回駕駛座，把錢放回旅行袋並放在大腿上。我望向公廁，心想萬一歎叔在裡面出了意外，例如哮喘發作昏迷後沒有人發現，失救至死，或者遇刧被人刺了幾刀，又或者我用石頭砸破歎叔的頭，這些錢不見得光應該不會有人追究吧！

我搖搖頭，企圖搖走這些邪惡的念頭，但是雙手已經好像有了自主意識，隔着旅行袋感受其中的一千萬元，得到這些錢，太太就不用離開香港了！

所以結論就是……歎叔必須死！

等等，他不一定要死！我只要趁歎叔還未出來，開車走了不就行了。

我內心交戰時，腳已擺脱大腦的控制，踩向油門，但汽車只移動了半米便停下。

歎叔在車前。

他的眼神由錯愕變成疑惑，再變成懷疑。他走到車旁打開車門，看看旅行袋，又看看我。

「你做乜開車呀？」

「我……唔小心踩到油門。」我不敢直視他，雙手從軚盤移向大腿上的旅行袋。

「唔小心？你係咪開過個袋嚟睇！攞返袋嘢嚟！」歎叔雙手抓緊旅行袋，我比他抓得更緊，

「頭先唔小心跌咗落地，自己打開咗。」

「咁你即係睇過裡面啲嘢啦！」

「歎叔，你有咁多錢，想借住啲嚟先啫，最多我慢慢還返畀你吖。」

「借？你呢啲叫偷呀！」歎叔平日和藹可親，此時卻疾言厲色，「文仔，枉我咁信你，你竟然偷我啲錢！」

「求下你吖，江湖救急呀。」

「你再唔放手咪怪我唔客氣呀！」

我依然不肯放手，他就一拳正中我的鼻樑，鼻血流在身上，他力量奇大，我登時天旋地轉。

「放手！」他再一拳揮來，但我已經有了防犯，舉起旅行袋格檔。我想踢開歎叔，然後關門開車走，可是他已跳了入車廂，撲倒了我，壓在我身上不住向我揮拳，幸好空間狹小，中間又隔着旅行袋，他發出的力量大打折扣，但如此下去，已然發狂的他一定打死我！

我出拳還擊，但他卻絲毫沒有退縮，全身散發野獸般的凶暴，彷彿回到他當兵時殺敵的狀態。

「爸爸，你陪我玩吖。」我意識漸漸模糊，彷彿看到逝去的女兒琪琪在呼喚我。我想，如果死了，就可以見到琪琪，這樣也不錯啊！

可是我很快就清醒過來，我的太太還在等我，我不可以死！我雙手在旁亂摸，希望好像電影的情節那樣，主角在危急關頭總會抓到花瓶甚麼的打暈敵人，但現實中的車廂內就只有汽車香薰。

對了，汽車香薰旁有一件硬物，是士多的妹頭給我的罐裝汽水！我緊握罐身，用堅硬的邊緣來回狂敲歎叔太陽穴，任他如何壯健，還是受不了要害被攻擊，終於停下了手。他想搶走汽水罐，可是一伸手拉環剛好爆開，汽水正好直飆他的雙眼，他便拭去臉

上的汽水及氣泡。

機會來了！我雙掌用手一伸，把他推至門旁，然後屈曲雙腿至心口，想蹬他出車外，可是他又撲了上來，剛好落在我腳底，我雙膝被壓在自己的肩頭，發不了力，殺紅了眼的他雙手已緊握我的脖子。

「點解你要迫我殺你呀！點解你要迫我殺你呀！」

我想左右揮拳擊退他，但被自己分開的兩邊大腿限制了幅度及力度，再打他都不會痛，莫非我要死在這裡？

不，我不會放棄，我還有最後武器！我雙腳往上用力，把歎叔頂上車頂，試圖掙脱他，但他的雙手還是沒有放開。

我倆就維持這個姿勢大約一分鐘，最終他的手放開。

他已發不出力，全身癱軟，四肢在空中搖搖晃晃。

混亂間，我的一隻腳撐住他胸口，一隻腳頂住他咽喉。他是缺氧昏迷，還是……我越想越慌，不想更不敢面對現實，沒有放下他，直到雙腿麻痺，才慢慢屈曲雙腿，把他卸到後座。

我爬過去，對着失去知覺的他叫了幾聲「歎叔」。他沒有回

應，便探他鼻息，但已全無氣息。

我竟然殺了人！

我跪在歎叔身旁，看着他的屍體，愧疚感湧上心頭。我為了挽回太太而殺害一個對我很好的大好人。我忍不住大聲哭泣。

幾分鐘後，小路的入口處傳來汽車聲，來者應該是 Dickson 提過那些去明達小學的人，否則不會有人那麼晚經過這裡。

我的愧疚感及哭泣聲立時收起，換來是不想被人發現我殺人的警覺性。我爬回駕駛座，關上頭尾車燈，慢慢駛向前方的樹蔭下，然後熄匙。夜色下四處黯然無光，只有後方那駛來的車的車頭燈。

我伏在座位，微微探首，透過玻璃窗觀察外面的情況。那汽車很快就駛至公廁旁邊的斜道，不一會就遠去了。

我想，除了那車落客後會折返，其他網約車也會相繼駛來，我再不離開就會被碰見。我爬向後座，把歎叔的屍體滾向車尾箱，掀起地毯蓋住他，他十分高大，只蓋得住他的頭部、胸部及大腿，露出雙腳。沒辦法了，走了才算。

我把旅行袋放在後座，再慢慢駛回小路入口，停下來左右

看看，待大路上零星的車輛駛過後才出去。此時已是晚上十一點四十五分，道路非常暢通，碰到的過半是的士、貨車等「搵食車」。正常來說，不用十分鐘就可以到農莊。

我打算把屍體放在農莊，再把旅行袋中的二百萬交給太太，然後拿餘下的錢去自首，我不想一世活在殺人的陰影之中，但轉念一想，如果我去了坐監，我豈不是不能與太太一起生活？

我在一個燈位停下，看到遠處的汽車開始慢駛，周遭紅燈及藍燈交替閃爍，是警察路障！我看到前方三十米有一個多層停車場，先進去避避風頭再說。

紅燈一轉成綠燈，我便駛入停車場，去到二樓的轉角處，一塊在牆上的廣角鏡反映着我憔悴的容貌，以及我身上白色的 T 恤。

自從我重遇農莊主人周小姐以及開始投入多段一夜情緣後，已經放棄了全黑裝束，讓自己看起來精神一點，吸引更多異性，而穿白色衣服可以凸顯我的胸部肌肉線條，增加「中標」機會，可是這天卻帶來另一個「中標」的可能——中警察的標！

我這天剛好穿白色 T 恤。我面部中了歎叔的重拳，鼻血已流滿白色 T 恤之上，形成一個殺人標記。

汽車停在三樓的車位後我沒有下車。我掃視四周有沒有「洗

手間」的標誌，想洗去血跡，不過只找到一間門口貼上「維修停用」字樣的電錶房，以及旁邊「地下出口右邊設有公共洗手間」的告示牌。我確定四周沒有人才下車，走到邊緣的圍欄往下看，看到那個洗手間，不過旁邊坐着幾個穿保安員制服的人在聊天。

保安員一般都是上了年紀的人，他們卻年輕力壯，莫非是經濟不景，很難找工作而無奈當保安員？

我十分失望，但即時有了希望。我看到停車場有另一個出口，而不遠處有一幢我非常熟悉的唐樓，我有一個熟客就住在那兒。

來到元朗，我早就該想到她，只怪我太過緊張。

她是我其中一段「情緣」的對象豆豆。

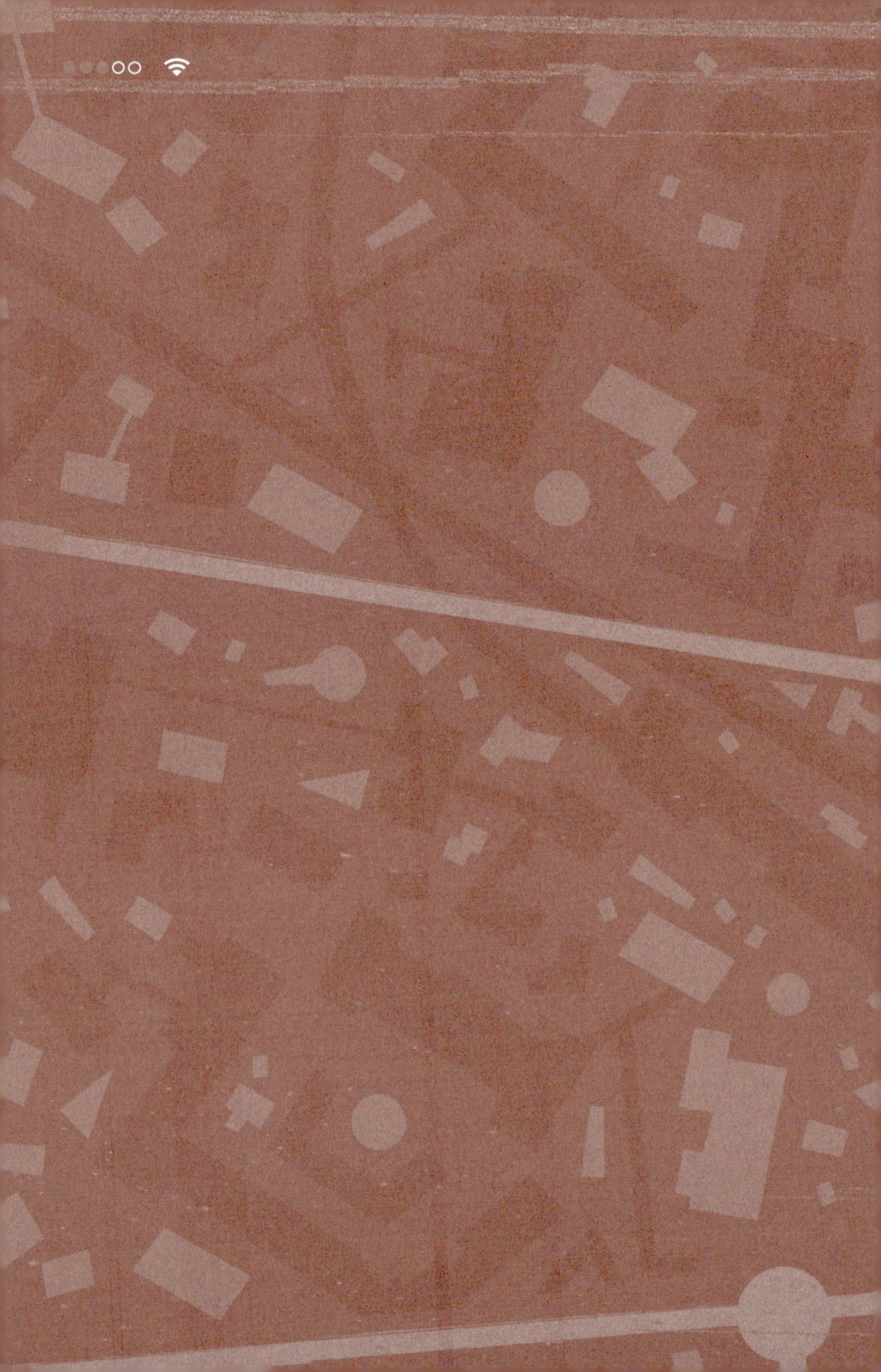

網約車殺人事件

RIDE OR DIE

▪ 3KM 按摩女郎

我把T恤前後調轉穿，遇到警察都不會太顯眼。汽車從停車場另一個出口離開，駛到豆豆樓下。這裡是只夠一輛車駛入的後街，日間已經極少行人，晚上更是鬼影都沒有，汽車停在這裡也不會有人留意，不過我作賊心虛，總覺得有人留意到我。

我打電話給她，她只說了一個「夠」字就掛了線，我再打給她但打不通。

豆豆獨個經營按摩中心，所謂中心，不過是有一張按摩床的小單位，技師只有她一個。她是馬來西亞華人，五官標緻，清純可愛，網上有「骨場明楨」的綽號，深受歡迎。雖然年過三十，但嬌小的身材顯得她只有二十多歲。

她說那一聲「夠」時很急促，還有點喘氣，莫非她跟客人在幹那回事，不方便接我電話？「夠」是向客人表示已經「夠鐘」？還是想跟我說「就嚟夠鐘」，叫我等一會。

這種按摩中心，坊間分類為「樓上骨」，跟其他按摩場所都是以「骨鐘」來按時收費，一個骨鐘為四十五分鐘。

她的單位在一樓，隔着窗簾看到裡面人影晃動，動作極大，大概是她和客人的好戲越演越烈，需要加鐘，但單位隔音極好，聽不到裡面的聲音。

我原本的計劃是先扔了血衣，再到豆豆單位對她訛稱衣服弄破了並棄掉（很爛的藉口，我該找其他更合理的理由），想取回我上星期留下的風衣。那天我在此與她歡好，扔在地上的風衣被翻倒的按摩油沾污，她說幫我清洗，叫我找天取回。

我在這裡等了一分鐘，已經如坐針氈，假設客人要加四十五鐘，那就真的要了我的命。

我不如乾脆脫掉外衣，裝作若無其事駕車到農莊吧……想來又行不通，雖說可以赤裸上身是香港男士的「合法權利」，但這樣的情況發生在歐洲名貴房車車廂內卻非常奇怪，加上殺人後表情一定很不自然，遭到截查一定露出馬腳。

就算我避開所有路障，也一定有人用行車記錄儀拍下這個馬路奇觀後放上網，標題大概是「大隻司機赤裸揸車引死女」之類的吸睛字句，然後我就會被起底而「一夜成名」……

就在我的思緒東拉西扯時，樓上「噼啪」一聲，只見玻璃窗碎裂，一個細小的金屬時鐘破窗而出，砸在我腳上，我痛得差點大叫，同時一下劃破寧靜的尖叫聲響徹整條後街。

「救命呀！救命呀！」是豆豆的驚呼！

整幢唐樓有四、五個單位有人開窗，探聽是誰在求救，我不

想被人看見，閃身到樓梯口。

「唔好理人咁多啦」之聲此起彼落，大概是豆豆的鄰居不想惹麻煩。我也不想惹麻煩，特別是我也自身難保，但我真的不忍豆豆出事。

為了不犯法，性工作者只能在單位單獨面對客人，所以不時有性工作者遭洗劫的消息。網約車司機的工作性質與性工作者相約，都是服務顧客以及很多時候都是一對一，不同的是駕網約車違法。

這幢唐樓一梯兩伙，我拾級而上，樓梯頂部就是她的單位。我耳朵貼着門，隱約聽到類似打鬥的聲音。

「豆豆，」我輕輕敲門，「利記呀。」

「利記，救命呀！」她大聲呼叫。

我想扭開門鎖，但扭來扭去都扭不開。「你開門先啦！」

「我開唔到呀，個肥仔阻住呀，你幫我報警吖！」

「死八婆，你夠膽報警我波都打Ｌ爆你！」裡面一把男聲説，應該就是那「肥仔」。

我用力敲門。「肥仔，你再唔開門我就報警！」

我當然是嚇他，我又怎敢報警？

裡面一下子靜了，然後門往內打開，我的恫嚇果然有效。單位只有二百呎左右，一眼就看得清裡頭的狀況，但眼前空無一人，藏身之處只有廁所。我抓起門邊一張木凳，慢慢步向廁所。

「豆豆，你係咪喺廁所呀？」我說。

突然身後「呯」的一聲，大門關上，我轉身看到門邊一個全身赤裸二十多歲的肥胖男子，站在豆豆身後，一手摀住她的嘴巴。

肥仔把豆豆推向我。「X 你老味，阻 L 住我扑嘢，你係咪想燒春袋呀！」

「阻人扑嘢，死咗會畀人燒春袋㗎」是某電影的經典對白。

原來肥仔不是打劫豆豆，而是想霸王硬上弓。

豆豆的白色超短連身裙已推上至胸部，露出雪白長腿、打底褲、纖腰及胸罩，連身裙十分貼身，她狼狽地花了幾秒才拉得下。

肥仔向我們步步進逼，燃燒熊熊怒火。他的雄性性徵幼小如

牙籤，雄性的霸氣卻巨大得有如松樹。

我拉豆豆到我身後。

「英雄救美呀？」肥仔咧嘴一笑，「傻仔，雞嚟㗎咋，有錢就 X 得，沉佢船呀？」

「你好快啲走喇，如果唔係……」我虛晃木凳。

「唔係點呀？想扑我？」他指一指自己的頭顱，「嚟吖，扑吖，唔扑正契弟。」

我用背脊推豆豆後退一步，肥仔就上前一步。

「畀你郁你都唔郁，你唔郁我郁你㗎喇。」他舉起拳頭，揮向我面門。

我咬一咬牙，用盡全身氣力把木凳打在他頭上。木凳破了，頭也破了，可是他沒有絲毫動搖。

「就係咁咋？」他拭去面上鮮血，「到我喇喎！」

他一手抓住身邊沉重的按摩床邊緣，打橫掃向我與豆豆，我們被撞到在地上，滾了幾下。他再雙手執住床頭，高高舉起床邊

緣，準備擲向我們。

「係咁先啦！」他乾笑幾下。

當我與豆豆以為必死無疑時救星來了。

「嘩，你做咩呀？」門外一個經過的老伯失聲大叫。他拖着小狗，似是放完狗回家的鄰居。

「阿伯，唔L關你事呀，走！」肥仔轉頭大喝，老伯及小狗都被震懾得退後幾步。

「豆豆，使唔使報警呀？」老伯顫聲道。

肥仔把按摩床重重地垂直放在自己面前，轉向老伯。「死老嘢，我收你皮先！」

「鄧伯，你快啲走呀，條友癲㗎！」豆豆向老伯大叫。

身旁嬌小的豆豆以及門外暮年的老伯，激起我要保護弱小的男性荷爾蒙，我一躍而起，撲倒按摩床，我和按摩床加起的重量壓下肥仔，肥仔被一隻床腳攔着腰際，一時間動彈不得，但他力大如牛，四肢正在用力撐起身軀，我感到搖搖欲墜。

「阿伯，你帶豆豆入你屋企避下先啦！」我大叫，「我頂唔到幾耐㗎咋！」

原來老伯就住在她對面，他一開家門就閃身入內，豆豆緊隨其後但門已經關上。

「鄧伯，開門呀！」豆豆不斷拍門，但對方沒有開門。

只聽肥仔大喝一聲，四肢發力，頂起我和按摩床，我馬上向前一跳，再狂奔至門口。原來門邊的衣架正正掛着我想拿回的外套，但已來不及取回。

我拉着豆豆的手跑下樓梯，我以為肥仔會馬上追出，才猛然想起他全身赤條條，諒他再瘋狂也不敢在街上裸跑，不過兩秒後，他巨大的身影已掠出門口，下身圍着我的外套。

「你條 X 街，郁 X 我！你咪 L 走呀！」他體型龐大得像大灰熊，速度卻如脫兔，一個箭步已經追上我，一把抓住我的頭顱，撞向大廈入口的牆壁，我連忙雙臂護頭，以厚實的臂肌卸去碰擊，再整個人反彈落地。我打算起來逃跑，他已搶先坐到我身上，十根指頭緊緊掐住我的喉嚨。我與他的體力太懸殊，我如何掙扎也沒有用。

他以滿佈紅筋的雙眼以及咬牙切齒的神色告訴我：我不斷氣

他不會罷休！

可是隨着五、六下不知道從哪裡來的悶響，他的表情起了強大變化，先是面容扭曲，熱淚盈眶，然後慘叫一聲，彈了起來，雙手掩住下體狂跳。

我撐起身，看到豆豆穿着拖鞋的右腳停在半空。

「死八婆……」肥仔雙腿一軟，跪了下來，「踢……我細佬，我……X 你老母！」

聽說，如果男人想體會女人生育的十級痛楚，可以嘗試被人痛擊要害一百下。

「快啲走啦！」豆豆拉住我的手。

我咳了幾聲，回氣後才站起，肥仔也強忍男人最痛，一拐一拐追了過來。

「你唔好埋嚟呀！」豆豆又抬起腿。

「嘩，你仲嚟。」肥仔嚇得止步，雙掌護住要害。

我拉豆豆跑向汽車。「快啲上車！」

肥仔見她一上車，便亦步亦趨追上，可是踏前幾步，踩在剛才掉下的時鐘而滑倒，面部撞在地上，圍在下身的外套飛脫。我趁機拾起外套，竄上駕駛座。

肥仔搖搖晃晃地站起，粗言連珠爆發，但是聲音越來越小，因為我已踩油離開後街。

網約車殺人事件

RIDE OR DIE

▪ 4KM 副駕位上

我認識豆豆，是從司機與乘客的關係開始。

幾個月前，她在九龍上車，目的地是元朗的按摩中心。她打開前座車門坐在副駕駛座，我投以奇異的目光。

「唔介意吖嘛？」她問。

我關掉歌曲播放器。「介意咩呀？」

「我坐前面囉。」

我當然不介意，更是非常樂意。她穿上緊身背心與短裙，我看了一眼她勝雪的肌膚，男性的慾望瞬即蠢蠢欲動。

我搖一搖頭。「公司冇規定客人坐邊個位嘅。」

「阿爸教我，坐人地車一定要坐前面，咁先至有禮貌。」

幸好你爸爸的女兒是美女，我想。

「頭先你聽緊《長夜怨曲》呀？」行車時她問。

我等待她時聽譚耀文的《長夜怨曲》，她一到我便關掉。我當司機多年，明白客人上車後會休息或玩手機，不想打擾他們。

「咁舊嘅歌咁都識呀？睇唔出喎，你咁後生，」我有點吃驚，我第一次聽《長夜怨曲》在中學時代，其藍調曲風及譚耀文狂放的演繹令我十分着迷，「同埋呢首歌都幾冷門下。」

「其實我三十幾㗎喇，不過好多人都話我唔似，」她嫣然一笑，「我喺馬來西亞嗰陣，阿爸成日聽譚耀文啲歌，佢話譚耀文唔單止啲戲好，唱歌都一樣咁好。係喎，有冇人話你個樣好似《野獸刑警》嗰個撳釘華呀？」

撳釘華是譚耀文在《野獸刑警》中飾演的角色，我覺得他比我英俊得多。

「都有人咁講過嘅。你係馬來西亞華人呀？」

「係呀，唔似咩？」

「乜有樣睇嘅咩？」

「梗係有啦，人人都話馬來西亞啲女仔靚啲，你唔覺咩？」

「都覺嘅。」我笑說。

「好似好勉強喎，咁你即係話我唔靚啫。」

「我唔係咁嘅意思。」

「講笑咋，」她哈哈大笑，「喂，你叫咩名呀？我叫豆豆。」

「個 app 有寫，我叫利耀文。」

「咁我叫你咩好呢？利生？耀文？」

「啲 friend 叫我利記。」

「你又係叫耀文，咁你唱歌咪好好聽囉，唱幾句嚟聽下吖。」

「我唱歌好難聽㗎。」

「唱啦，不如我唱先，你跟住我唱。」

愛你願過分 請給我一吻
撕開我的心 風中靠緊
請解我憂困 知你是不忍
知你是不忍……

然後，我表面上半推半與她就合唱《長夜怨曲》，其實是喜遇知音人，唱得比她投入。

……期望你送我最後一吻

我送她到了按摩中心下的後街，她問：「上嚟吖。」

自從我受了農莊主人周小姐的「性啟蒙」後，我便慢慢洞悉到哪位女乘客有進一步的要求，例如眼神、身體語言、字裡行間的挑逗，不過我看不出豆豆有絲毫暗示。

「咁夜唔好喇。」如果沒有「好處」，我寧可爭取時間多接一支旗。

「你日日揸車，膊頭一定好酸，我幫你鬆下。你唔好睇我咁瘦呀，我好夠力㗎。」她把手放在我肩膀，揑了一下，力度十足，「我頭先出九龍就係幫同行替更，我手勢好，好多人搵我㗎。」

「你係按摩師傅？」

「師咩傅吖，骨妹咋。」

她說得沒有錯，我肩膀很痠痛，腰背也因坐得太久肌肉繃緊，這是職業司機的通病。

我跟她上去，說好價錢後她便為我全身按摩。她的技術很好，我舒服得呼呼大睡，醒來後按摩已經完結。

「下次再嚟吖，計你八折。」她送我離開時說。

「咁你下次叫車直接 call 我，我都計你八折，」我給她電話號碼，「不過唔好同人講喎。」

之後，我們就由「雙向客人」變成朋友，再發展成按摩後都會發生關係。

我起初以為這是按摩以外的特別服務，不過她每次都只是收取按摩的報酬，沒有額外費用。

那麼我們是甚麼關係？算是……朋友吧。

汽車駛離唐樓數十個街口，肯定肥仔追不上我，我才一邊駕車，一邊穿上外套。

「點解你會嚟嘅？」豆豆問。

「我……」我頓了一頓，才說出一個不完全是謊言的謊言，「嚟攞返件外套。」

「哦，」她有點失望，「我上次問你我哋係咩關係，你話係朋友，你認真㗎？」

上星期，她平淡地問我與地是甚麼關係（我看得出她是假裝若無其事），我回答是朋友關係，她「哦」了一聲，眼中閃過一絲哀傷。那是我第一次聽她失望地「哦」。

「梗係認真啦。」

「我哋識咗幾耐呀？」她問。

「有三個月喇。」

「其實呢，你覺得我個人點呀？」

「幾好呀。」

「有幾好呀？」

「幾啱傾咁囉。」

「就係咁咋？」

「係呀。」

「仲有呢？」

「同你一齊幾開心囉。」

「同我搞嘢開心，定係同我一齊就已經好開心呀？」

我不是傻瓜，當然知道她再三追問的原因，加上以我對她的認識，她十分有職業道德，拒絕肥仔的「特別服務」一定不是為了揀客，那原因更加呼之欲出。我早就察覺到她跟我發生關係時的反應，與農莊周小姐那些「各取所需」的女性不一樣。

「頭先發生咩事呀？」我轉移話題。

她也不是傻瓜，當然知道我迴避追問的原因，但她很配合我，道出事情始末：肥仔上門找她按摩，她就如常服務，完成後他有了生理反應，要求發生關係。

「咁我就同佢講，先生，我呢度係正規按摩場所，唔做呢啲，點知佢就話錢唔係問題，叫我開個價，話我咁索多多錢都肯畀，我就話唔係錢嘅問題，佢就發晒癲想夾硬嚟，好彩我生得細粒，圍住按摩床兜嚟兜去，捉我唔到，跟住你就打電話嚟，我想同你嗌救命，但係講咗個『救』字，佢就一個鐘捉過嚟，我就踎低避開，我一踎低佢就爬過張床捉住我……之後你就上嚟喇。」

「好彩我咁啱上去咋。」

「乜真係咁啱咋？」她半信半疑。

我假裝聽不到她的問題。「我喺前面放低你，我 call 個 friend 送你返屋企。」

「吓，我屋企咪就係按摩中心囉，我點敢返去呀？你話過你自己住，去你度過一晚得唔得呀？」

「我有啲嘢做，唔係咁方便，一係搵間酒店住住先吖。」

「我冇帶電話同銀包嗝，一蚊都冇。做咩呀，你有咩唔方便呀？你有老婆定有女朋友呀？」

我沒有跟她說過我已婚。「唔係，我趕住送貨畀人啫。」

「我同你一齊去囉，送完再去你屋企。」

我沒有理會她，在街口停下，下車去另一邊打開車門，指向對面馬路的酒店。「我一陣上網幫你 book 房同畀錢，你去等陣就可以 check in。」

「做乜唔畀我同你一齊去呀？」她轉身望向車尾箱，開玩笑地說，「你送啲咩貨呀？毒品？死屍？」

「你咪亂講呀，點會呀。」我非常緊張。

「講下咋，驚得你吖，你又點會做啲咁嘅嘢喎，不過呢……我有啲好奇係咩貨喎。」説罷便輕盈地翻身到了後座。

我們平日都會打打鬧鬧，我叫她不要做的她偏要做，不過這次真的不能説笑！她體型纖巧，我來不及拉住她。我馬上跑向車尾，想打開後車門阻止她，但已聽到她大叫。

我殺人的事被發現了，只好接受現實。我吸一口氣，打開門，正要向她坦白，卻見她跪在後座發呆。

「點解……咁多錢嘅？」她拿着一捆鈔票。

我踏在蓋住歎叔屍體上的地毯，借力鑽入車內，看到後座一捆一捆的鈔票散落一地。那該死的破旅行袋拉鍊又自動滑開了。

「我幫人保管住先嘅。」

「你頭先話幫人送貨，就係呢啲錢呀？」

「嗯。」

「黑錢嚟㗎？」

「你唔好問啦。」我想跨越椅背收好鈔票，但一動身，地毯被我踩至移位，我滑了一下，頭上腳下倒在豆豆身旁。

「你點呀，」她想扶起我，但扶至一半她就放開手，「哎呀，有個人瞓咗喺度呀！」

我挪動身體至雙腳貼地，看到她的視線對準了歎叔。我趕快爬向後方，關上後車門，再用地毯蓋回歎叔。

「咩嘢事呀？究竟發生咗咩事呀？你殺咗……」她話未說完，已被我掩住嘴巴。

「你聽我講，」我放開手，踏回後座，「意外嚟㗎。」

「你真係殺咗人呀？」她壓低聲線。

我點點頭。「我真係冇心㗎。」

我將剛才錯手殺死歎叔的事告訴她，但沒有說想用那些錢令我太太留下，只說我一時起了貪念。

我不忍心在對我有意思的豆豆面前說我已婚，令她所有幻想幻滅……還是我也不經不覺地愛上了她，所以故意隱瞞？

「啊，所以你背脊會有血跡！」

「你見到呀？」

「點會見唔到喎，咁大攤。」

那麼肥仔一定也注意到。

「你可唔可以當乜都冇見過，去酒店過一晚先，我搞掂條屍就去搵你。」我邊說邊把鈔票放回旅行袋，再塞入座椅下。

「點搞掂呀？埋咗佢呀？」

「係。」

「不如我陪你去吖。」

「你傻咗咩，俾警察發現，你都有事㗎，今晚唔知點解成街都係警察呀。」

「但係我好驚個肥仔搵我報仇喎。」

「佢又點會搵到你呢？」

「頭先同佢揼骨嘅時候，佢話佢大佬喺江湖好有地位，一街都係兄弟，話唔定佢已經發散晒人搵緊我。」

肥仔或者只是自吹自擂，這類「吹水客」我遇過不少，例如有個中年客人說自己是二叔公的頭馬。這類人多半是上班時受盡僱主的氣，光顧按摩中心或坐網約車便搖身一變為「老闆」，編故事令自己高人一等。

不過，以剛才肥仔窮凶極惡的表現，就算沒有背景，萬一真的找到豆豆也會很危險。我本想叫她報警，但若她被問起發生了甚麼，可能會提起我做過的事。

「但係我帶埋你一齊，咪累埋你囉。」

「不如你求其喺附近搵個地方掉咗條屍啦。」

「點得呀，一街都係 CCTV。」

「咁你諗住埋條屍喺邊呀？」

「錦田一個農莊。」

「咁啱喇，我有個姊妹住嗰頭啲村屋，你車我去吖，嗰邊咁偏僻，個肥仔應該搵我唔到。」

「咁好啦。」我答應先送她到姊妹的村屋，再去農莊。

一路上，平日愛説笑的她沉默下來，凝望前方的一點，若有所思。我也沒有説話，不禁在想，為甚麼她還要跟我和屍體同車？就算她喜歡我，也不至於冒被捕的險吧！莫非她以為我説怕警察發現才不願與她一起是在試探她，只要她一離開我就會殺人滅口？她是要博取我信任，再找機會告發我？

但細心一想，我的假設又太不合理，她再有心計，也不會如此大膽與一個殺人犯一起吧！

唯一解釋，就是她真的害怕肥仔尋仇，雖然很牽強。

靠着 Uper 群組的消息，我兜了很大段路才避開多個警察路障，車程因而長了三十多分鐘。

到了通向的錦田的公路路口，我的前方有一輛五噸半貨車、紅色的士及白色私家車，跟我的車速相約。

忽然車後警號大作，一輛警車尾隨而至。

「前面嘅車即刻駛埋一邊停車熄匙。」警車傳來廣播。

我腦中閃過電影《車手》的橋段：疑犯憑藉特殊的「八千轉

兩咪車」駕駛技術，越過不可能越過的直角彎道，擺脫警察追捕，但就算我有如此神化的技巧，我也不可能走逃脱，因為前方的白色私家車忽然超前，打橫停在路中心，堵住去路。我的車、五噸半貨車、紅色的士一同停在路邊。

警車駛至，幾個軍裝警察下車，先走向停在最前的五噸半貨車旁。

「小姐，唔該你落車。」一個女警向貨車司機説。

我在貨車後面，看不到那司機，但聽到「小姐」及車尾印有網約貨車公司 GoVanGone 的標誌，我已猜到她是誰。

車門打開，一條美腿先映入眼簾，隨後她跳到地上。

那位小姐穿着背心熱褲示人，身材出眾，身上斜掛着小巧的啡色斜孭袋，肩帶越過胸襟，更凸顯她的奇峰突出；一副鄰家女孩的臉孔卻如男人般嘴角叼着香煙，反差極大。

我在馬路上見過她，農莊的周小姐也提過她。

五噸半女神。

那白色私家車先在路上退出空位，上面兩個穿着便服的男人

下車，走向五嚫半女神，先向她展示警察委任證，叫她出示駕駛執照及身份證，再拿出一張紙。

「我係重案組警長林振超，有冇見過呢個人呀？」約莫五十歲、一臉冷峻的男人問。另一個男人站在他身後，估計不到三十歲，容貌青澀，一副熱血幹探模樣。

五嚫半女神吐出一口煙，拿香煙的手掃一掃清爽的短髮，看看那張紙。「冇。」

「你去邊呀？」

「錦田囉，呢條路仲去得邊呀？唔該你快啲手，我趕時間。」

「去錦田做乜？」

「送貨。」

「送咩貨？」

「咪貨囉。」

「我依家懷疑你架車有違禁品，打開個櫃。」

「違咩禁品呀？咩事先阿 Sir，俾人知道啲貨俾人郁過，我實俾老細詐型㗎。」

「我叫你打開個櫃呀！」林警長喝道。

我還擔心車內有屍體的事會被警察揭穿，不過幸好來檢查的是這個林警長。我接送過很多這種中年男人，他們自命社會經驗豐富，卻沒有實質本事（到他這個年紀還只是低級警員便知一二），視一切比他年輕的人都很幼稚，所以只要我對他萬分尊重，再不經意流露敬仰，他就不會為難我。

「差人大L晒呀！我啲貨有啲咩嘢事我實投訴你㗎死差佬！」五噸半女神無奈走向貨車尾，兩個軍裝警察跟上。

她打開櫃門時望了我的車一眼，接着第二眼望向我，第三眼是豆豆。

她氣沖沖走到我的車旁，用力敲打玻璃窗。「利耀文，真係你，開窗！」

五噸半女神怎會認得我和知道我的全名呢？

「你識五噸半女神㗎？」豆豆問。五噸半女神真出名，連豆豆都認得是她。

「算係啦。」我回答。

我打開車窗。「小姐，咩事呀？」

「你頭先偷偷地帶條女去 Kaman 個農莊，依家又同第二條女一齊，咁算點呀？」

「我唔知你講乜嘢。」

「你仲扮嘢，Kaman 將你同佢拍拖啲嘢話晒畀我聽喇！我晚晚都會送貨去錦田，我親眼見到㗎！你對唔得佢住呀！佢竟然為咗你啲咁嘅 fuxkboy 唔要我！」

拍拖？我跟周小姐只有純粹的肉體關係，可能是周小姐為了不再受五噸半女神纏繞的藉口。「我識得周小姐，有幫佢送嘢去農莊，但係冇帶過女人去喎，你會唔會認錯人呀？」

「認錯人？使唔使我畀車 cam 你睇呀？」她用力踢了一下車門，「以為揸部靚車就可以周圍溝女，我遲早一嘢撞 L 散佢！」

年青警察見狀走了過來。「小姐，你做咩呀？」

「死差佬，唔關你事，死開！」五噸半女神怒道。

「阿 Sir，冇嘢，我哋識得㗎。」我說。

「沙展，冇可疑。」其中一個警察搜查貨櫃後向林警長說。

「小姐，」林警長走過來向五噸半女神說，「開車走。」

「我仲未講完！」五噸半女神說。

「我話知你講完未吖，即刻開車走，唔係搵人拖走你架車！」

「睇路呀利耀文！」五噸半女神在拋下這句話後便悻悻然開車離開。

年青警察向我出示委任證，他叫姓郭，也是警長。「兩位唔該身份證，先生，畀埋你個車牌我。」

我給他駕駛執照及身份證，但豆豆的銀包留在按摩中心。

「小姐，你做乜唔帶身份證出街呀？」郭警長問。

「頭先我同男朋友出門口出得太急，」豆豆繞住我的臂彎，「唔記得帶銀包，依家返轉頭攞。」

「你住邊？」

「水尾村。」

「小姐，根據《入境條例》，你必須帶身份證明文件出街，唔該你落一落車，我嘅同事會問你一啲問題。」

糟了，五噸半女神引來郭警長，這個年紀的男人特別難應付，總是怕出錯而依足程序辦事。他正要向軍裝女警招手，身旁的林警長隨即向那女警打手勢，示意她不用過來。

林警長拿出一張紙，上面是一個女子的照片，下面有她的英文名字 Chow Ka Man。「你哋有冇見過呢個人？」

我和豆豆都搖搖頭——其實我又怎可能沒有見過她？

「阿 sir，發生咩事呀？」豆豆問。

郭警長沒有回答，望向車廂內。「嗰袋咩嚟㗎？」

我看看塞在後座座位下的旅行袋。「啲衫嚟啫。」

「打開佢。」

「唔好啦，係我啲底衫褲嚟㗎。」豆豆說。

「咁我叫個女警嚟啦。」

林警長又截住他，還我駕駛執照及身份證。「利生，你可以走啦。」

我臨離開時，聽到林警長向郭警長説：「郭 sir，啍啍聲問完收工啦，我約咗幫辦打牌㗎。」

幸好有這個「返工等放工」的林警長，我才可免過一劫，不過另一劫可能很快降臨。

我從倒後鏡發現，那輛紅色的士的司機凶狠地看着我。

他是紅魔鬼。

網約車
RIDE OR DIE
殺人事件

■ 5KM 路障 

請選擇目的地：

路障

5KM

我抹了一把冷汗，幸虧林警長幫我「解圍」，否則我要背上一條證據確鑿的謀殺罪，不過運氣不會永遠站我這一邊，必須要速戰速決處理好歎叔的屍體。

經過剛才的檢查，我估計警察這夜傾巢而出不是為了抓捕網約車，目的是要尋人。

我早該想到警察不會為芝麻綠豆的事大費周章。

駛向錦田的路上，我總覺得後方的車輛上都有警察，甚至是五嚿半女神或紅魔鬼。

「豆豆，我諗我唔送得你去錦田，話唔定嗰邊都有警察，不如我兜入去前面條小路，我 call 個 friend 送你去。」

「我想同你一齊，有我喺你身邊扮做你女朋友，啲警察先至唔會懷疑你。」

她很有道理，但我不忍心連累她。「其實你真係唔使咁樣為我吖，我哋……」

「我知，我哋又唔係咩關係，我只不過係幫你解決需要嘅骨妹啫。」她輕描淡寫地說，卻聽得出暗藏不忿。

「我唔係呢個意思……我都唔知點講……其實……你係咪真係淨係幫人按摩，冇其他嘢㗎？」

「係，我只係會同你做，因為我鍾意你。」

我在轉角停下車。「係幾時嘅事呀？」

「我都唔知……」她打開車窗，「有冇煙呀？」

我不抽煙，不過之前車仔坐我車時留下半包煙及揭蓋式火機，我拉開抽屜，把煙包及火機遞向她。

「我諗係有一次你車我返元朗，我瞓着咗，」她「叮」的一聲打開火機蓋，點起煙，「你幫我綁鞋帶同埋用件風褸摟住我。」

「講起好似有啲印象。」那天剛好下過暴雨，有點涼意，她又穿得單薄，同時發現她的鞋帶鬆脫了，到達目的地見她還未醒來，便給她舉手之勞。

「起初我同你做，係因為覺得你幾靚仔，又大大隻，我又就嚟嚟M，特別想要，之後覺得同你搞我好舒服，我一有需要就撩你，不過我仲未鍾意你㗎，唔知點解喺嗰次之後就掛住你，可能係啲男人見親我都淨係想除我啲衫，你係第一個幫我『着衫』，我覺得你係一個好男人。」

「好男人？好男人就唔會……」我苦笑一下，望向車尾箱歎叔的屍體，「搞成咁啦。」

此時我發現，蓋住屍體的地毯翻開了。我連忙下車，打開後車門，只見原本平躺的歎叔已然側身向外。

「點解會咁㗎？」跟上來的豆豆嚇得打了一個寒噤，「會唔會係……我細個嘅時候，我阿公過身，放咗入棺材，我見到佢隻手郁咗一下，我舅父話呢啲叫屍變。」

以我所知的屍變不是這個意思，是指死屍不知甚麼原因突然復活，變成沒意識的行屍。「我諗係轉彎嘅時候抛到佢郁咗啫。」

「會唔會抛下抛下抛去後座度㗎？咁咪會好易畀人發現囉？」

我先放平歎叔，重新蓋上地毯及關門。我環顧僻靜的四周有幾棵樹木，便想，不如把歎叔放在路旁，再折斷一些樹枝覆蓋，盡快扔掉這具罪證，免得夜長夢多，但細心一想還是不行，我剛才在警察前曝了光，追查起來我必定是最大嫌疑人。

我打電話給車仔：「你知唔知錦田附近有冇啲冇乜人嘅地方呀？」

我本想問 Dickson，但與他不熟絡，不想他知道太多，無奈之下只好問唯一可以信任的車仔。希望他不會察覺我有異狀，萬一他知道我殺了人，他這麼有義氣一定會幫我，我不想連累多一個人，特別是他。

「搞咩呀你，去打野戰呀？」車仔故作驚訝。

「打你個頭咩，認真㗎。」

「明達小學囉，嗰邊封晒路，鬼影都冇隻。」

「但係今日有好多支旗入去喎，每支旗起碼加五百，我驚會有好多人入去。」

「咁荀？啲風邊度收㗎？」

「Dickson 囉，佢話賀老闆吹雞搵人。」

「頂，我驚死有差佬放蛇，接咗個熟客之後就冇 online，咁我 call 賀老闆先，轉頭 call 你。」

「唔好收線住，除咗明達小學仲有冇其他靜啲㗎？」

「明達小學好大㗎，我諗啲客都係喺正門落車，你去學校後

面條山路咪得囉，冇人知嘅，不過你唔好經元朗公園去喎，要兜去十八鄉路先去到。」

「唔係喎，Dickson 話行村屋隔籬條路先得喎。」

「你聽條友仔 X 噏吖，行嗰度咪兜遠咗囉，傻仔。」

「堅唔堅呀。」

「梗係堅啦！喂，真係唔講住，我搵賀老闆先。」

「等等！」我猛然想到一主意。

「又點呀大哥。」

「你喺邊呀？」

「錦上路站附近。」

「咁啱喇，我咪叫你攞樹袋嘅，你攞咗未呀？」

「攞咗啦，你唔係依家要呀？」

「係呀，你去錦上路跳蚤市場對面間七仔等我吖，好急㗎，

反正你順路啫。」

「是但啦，嗱，你快啲嚟呀，我到咗唔見你即走㗎！」

掛線後，我叫豆豆幫手收集大量樹枝及枯葉，然後趕快開車。我想放歎叔入樹袋，再塞入樹枝及枯葉，掩人耳目。

到了便利店附近，我見車仔的汽車已在門外，便叫豆豆拿我的八達通去便利店買些飲料及食物，一來是不想車仔見到豆豆與我一起去明達小學而問長問短，二來忙了一夜，我已經餓得手軟腳軟。

待豆豆進去我才停在對面線，招手叫車仔搬樹袋過來。我怕他好心幫我放入車尾箱會發現屍體，便下車去迎接他。

「唔該晒，」我接過樹袋，「你快啲去接賀老闆支旗啦，唔阻你。」

「接鬼接馬咩，啲旗畀人接晒啦，下次有好嘢早啲單聲吖嘛，不過賀老闆又話晏少少有旗」，他打量着我的臉，「你係咪有嘢瞞住我呀？」

「冇呀。」

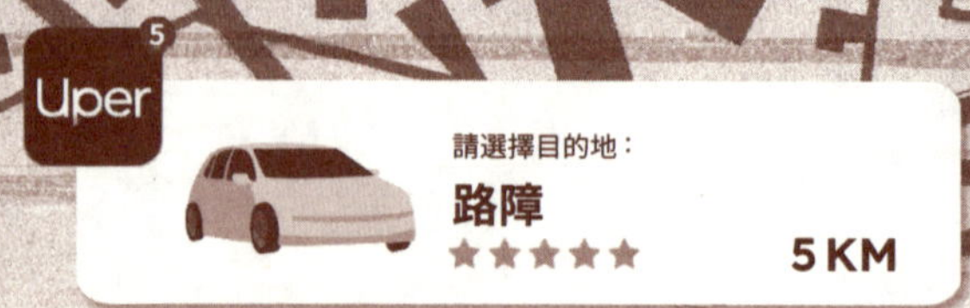

「冇？唔使呃我喇，你個樣好謝喎，係咪唔夠錢使走去做賊呀？」他噗哧一笑，「定係做鴨呀？」

「X 你啦，走啦。」

「嗱，認真嘅，做兄弟嘅，」他搭一搭我肩膀，「有嘢幫手記住出聲呀，我走喇。」

他開車走後不久，豆豆拿着一袋飲料和食物上車。

「呢袋咩嚟㗎？」她看看我放在後座的樹袋，再讀出紙條上面的字「十件裝樹木澆水袋， Kaman Chow。」

「Kaman Chow？」她想了一想，「係咪頭先警察講嗰個 Chow Ka Man 呀？」

「唔係呀。」

「又會咁橋嘅？」她一臉疑惑，「頭先五嚿半女神提過你同 Kaman 有嘢，係咪就係佢呀？」

我沒有作聲。

「係咪認咗佢囉，我又唔係你邊個，唔使驚我嬲喎。」

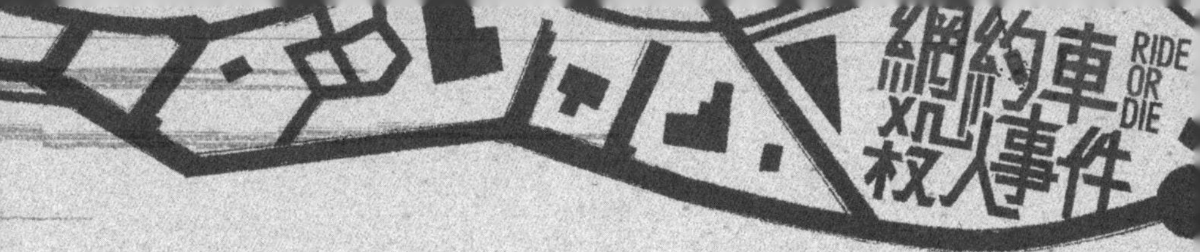

「Kaman 係我個客，我幫佢送樹袋。」

「咁點解警察要搵你嗰個 Kaman 呀？」

「咩嘢我『嗰個』Kaman 啫，我都話同佢冇嘢咯，同埋警察要搵嗰個都唔係佢。」

她帶着不信任的語氣「哦」了一聲。

「利記！」忽然一輛車停在我的汽車旁，原來是車仔折返。他望一望豆豆，「咦，佢係……」

「Hi，我係利記女朋友豆豆。」豆豆搶着説。我聽得出她故意這樣説。

「Hi，阿嫂，我係車仔，」他向豆豆打招呼，又向我説，「唔怪得約我喺七仔等啦，原來嚟買 domdom。咁快又有新女，你幾十歲人，睇住條腰呀。」

「你做乜返轉頭呀？」我問。

「我啲煙啱啱食晒，上次咪漏咗包煙同火機喺你度嘅，攞返嚟吖。」

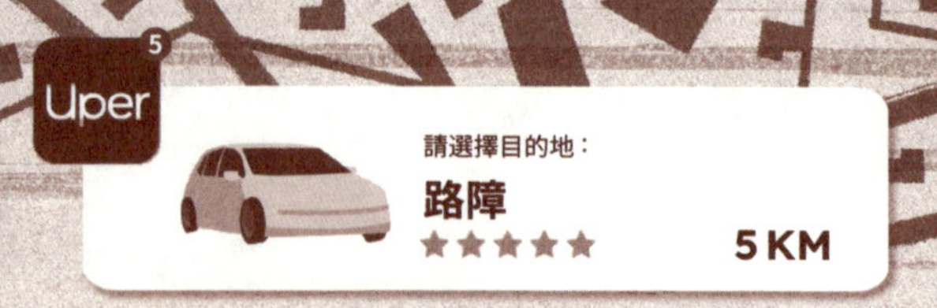

我把香煙及火機遞拋到他車內。「食少啲啦，啲煙成百蚊包，又話冇錢又剩，同埋因住生 cancer 呀。」

「你睇住你條腰好過啦，」車仔偷偷望一望後方，「後面條友好似望緊過嚟，唔知咩料。」

我透過倒後鏡看到數十米外一輛綠色電單車停在樹蔭下，上面的司機好像有意無意看過來。

「可能佢等人啫。」

「係卦，喂，唔講喇，啱啱接到支大旗，個客好似係遊客，畀成千蚊要我帶佢遊一個鐘車河，爽死呀真係！好彩佢冇搵啲 X 街的士狗載佢咋，如果唔係實畀人劏到一頸血。」

車仔驅車離去後，豆豆問我：「我醒唔醒呀？」

「咩嘢醒唔醒呀？」我把豆豆買來的無糖可樂和提子蛋糕塞入口中。她竟然記得我的口味。

「你使開我去買嘢，都係唔想畀你個 friend 見到我啫，係咪？睇你哋嘅態度，應該好好朋友，你唔想累佢，所以我咪扮你女朋友，如果唔係佢一定問你做乜。」

我開車往明達小學途中，經過一條小路。我停下車，把歎叔連同樹枝和枯葉塞入樹袋，再把地毯鋪回原位。

我看到樹袋的小孔中發出閃爍的光芒，我伸手入去一摸，原來是一部電話，應該是歎叔的。有人打電話給他，看到來電顯示的名稱我呆了半晌。

馬交楝。

就是車仔提起的馬交楝嗎？

我當然沒有接，對方掛線後，屏幕上有數十條未接來電。

我把他的電話放在錶板上面，然後按照車仔的指示駛入十八鄉路，一路在想如果來電者真是那個馬交楝，歎叔和他是甚麼關係呢？歎叔身懷鉅款與馬交楝有關嗎？我取走了旅行袋又會有何後果呢？

過了幾分鐘也找不到往明達小學的大路，兜轉一會才發現一條可以通向大路的小路。我心中暗暗稱讚車仔的指示，但很快就後悔。

難怪 Dickson 教我走迂迴曲折的路，因為前方正在興建一條高架橋，打橫越過道路上方，路中心放有「此路不通」的告示牌，

雖然可以硬闖，但橋下沒有照明，漆黑一片，不知道裡頭有沒有如工業材料、工具等障礙物，駛入去可能會爆胎或者撞車。

我停在橋下入口，憑另一端的光源估計，高架橋約三十米闊，開高燈慢駛前進應該問題不大，有障礙物就避開。

我下車搬開前方的圍欄，返回車上，歎叔的電話再次有來電，不過只有閃燈，沒有震動及鈴聲。來電者叫「濠江華」。

澳門別稱馬交及濠江，歎叔與澳門有何關係呢？對了，他提過間中會「過大海」探朋友，馬交棟和濠江華就是他的朋友吧。

橋下的道路還未鋪上瀝青，碎石遍地，十分顛簸，只好減慢車速，來到橋底約莫一半，聽到後方傳來由遠而近的輪胎聲，不到一秒，一輛沒有開車頭燈的車已駛到我的汽車旁邊，黑暗中看不見那車子的外型，不過從它的引擎聲音，知道是一般四門或五門房車。

「喂，我有嘢同你講呀！」那房車中一名男子說。

他的聲音非常熟悉，竟是紅魔鬼，他跟蹤我！

從聲音可以判斷兩部車的距離不到一呎，我打開窗大叫。「的士大佬，有咩去有光嘅地方先講啦，呢度咁黑，你又唔開車頭燈

又駛到咁貼，係咪想一鑊熟呀！」

「我一定要同你講清楚，我唔講清楚條氣唔順！我唔係嗰啲賤格嘅的士佬，我好有職業道德㗎！喂，白牌狗，你聽唔聽到我講嘢呀。」

我很想說「有咩留返拜山先講」，但很怕一語成讖，我與紅魔鬼同時成為被拜山的對象。大叔我見得多（我也是大叔），如此死纏爛打的真少見，他為了證明自己「清白」而不顧安危，除了個「服」字我也不知道該說甚麼。

我繼續專心駕駛，他繼續吵吵鬧鬧，豆豆繼續沉默，大概是嚇得花容失色，說不出話。

快要到達出口，我以為可以停下與紅魔鬼好好說話，打發他走又好，道歉也好，總之不想與他糾纏，我只想盡快埋葬歎叔，拿錢跟太太會面。

可是我未見到曙光已被黑暗籠罩，駕駛座前的擋風玻璃忽然被遮住，我以為是濕泥之類的東西濺了上來，可是如何擺動水撥，那東西依舊貼住玻璃，更加滑進水撥與擋風玻璃之間，揮之不去。待汽車到了有燈光的地方煞車，我才看到那是一塊濕毛巾，從其殘破程度可知，是大多的士司機掛在車尾箱用來抹車的濕毛巾。

的士繼續往前，只聽紅魔鬼半身伸出車窗，轉頭大叫：「白牌狗，好好地同你傾唔得嘅，係要我發火，你咁賤格嘅！」說罷便絕塵而去。

我與豆豆喘氣連連，我問她：「你冇嘢吖嘛？」

她面無血色，說不出話，只是連連搖頭。

就在我們驚魂未定，瞬間意外就發生了。

隨着一下震耳欲聾的金屬與地面磨擦聲，一團黑影越過車側，貼地滑向十多米外一個用來埋水渠或電纜的深坑之中。

「咩事呀？」豆豆問。

我已想到是甚麼一回事了。

「你留喺車度，我落車睇下。」我說完便跳下車。

「究竟咩事呀？」

「總之你坐定定啦。」我不想她看到血腥畫面。

我跑近深坑往下看，果然沒有猜錯。坑中有一輛電單車，我

依稀認得這是在便利店附近見過的綠色電單車，旁邊躺臥着一個戴頭盔的男人，我從他的衣服知道他是誰。

重案組的林警長。

剛才發生的事相信是這樣：林警長查車時察覺我神色有異，懷疑我表示不認識告示上的人是有所隱瞞，所以故意放走我後暗中尾隨調查，當紅魔鬼的濕毛巾令我被逼急速停車，林警長因為跟車太貼，收掣不及，扭軚避開時電單車失控翻側，連人帶車滑入深坑。

可是我有開車尾燈，他又在跟蹤我，應該注意到我的車才是，又怎會如此大意呢？當我發現深坑上面的一部電話就明白了。他一定是一邊駕車一邊講電話而分了心，我如此肯定是因為電話正在通話狀態。

「老林，做乜乒鈴嘭呤嘅，喂，你做咩唔出聲呀？」電話一方的男人說，不久就掛了線。

我看了一眼來電者的名字，竟然又是他。

馬交楝。

我不認識甚至沒有聽聞過的馬交楝，竟然以不同形式出現在

我的視線之中，彷彿他在暗中用不知名的方法，參與甚至促成歎叔被殺。

如果林警長死了，這場網約車殺人事件將會多添一個亡魂。

「林 Sir，」我伏在坑邊，「你點呀？」

只見他顫動一下，慢慢坐起，脫下頭盔拋在一旁，環顧四周，又抬頭看我。

太好了，他沒有死。

「點解我會喺度㗎？」他不大清醒。

「你頭先炒車，跌咗落去，」我伸出手，「畀隻手我，我拉你上嚟。」

他點點頭，似乎記起剛才發生的事，過半分鐘後才可站起，抓住我的手。拉他上來後，他拾回自己的電話，按了幾下並放在耳邊。

「喂，阿棟，你搵到頭先我講嗰條路未呀……嗯，你過咗橋底就見到我，小心啲，橋底冇燈……得喇，我會搞掂個 Uper 司機。」

他掛線後，拔出腰際的手槍指向我。「舉高手，擰轉身，趴低，然後雙手放喺身後面。」

「咩事呀？」難道我殺人的事被他知道了？

「照我説話做！」他晃晃手槍並取出手銬，「爽手啦！」

「利記，」轉身一看，見豆豆走出汽車，一步一步向我走來，「點解佢用把槍指住你㗎？」

「你返番上車！」林警長喝令豆豆。

「你係頭先嗰個警察？」她終於發現他是誰。

「喂，叫你條女唔好咁多事，」林警長向我説，槍頭一偏，直指豆豆，「如果唔係一槍打L爆佢個頭！」

殺人理應被捕，但不能與太太一起便很不甘心，所以我早就在盤算着要束手就擒還是逃走，但又想到，既然他與馬交棟有關係，就不會是為了公事來找我，他有何目的呢？他用豆豆來威脅我，大概不會是甚麼「秉公辦事」，一定另有內情。

但不論他是來逮捕我還是有其他目的，我已經決定要走為上着！

問題是如何逃走。

我假裝向豆豆打手勢，叫她上車，突然雙手方向一轉，抓緊手槍，往上抬起，避免他開槍射我，再用力搶過來，我體形比他龐大，力量佔了上風，他就用另一隻緊握手銬，用其邊緣狂打我頭部，我只感一陣暈眩，但我還是不敢放手，否則我與豆豆都可能要死！

「放手呀！我叫你放手呀！」他狂呼。

「停手呀！唔好再打喇！」豆豆「呀」的一聲大叫，拾起一個鋤頭，衝向林警長。

我被打得漸漸失去氣力，放軟雙手，林警長一腳踢開我，槍口對準豆豆，隨即發出「呯」的巨響，豆豆手中的鋤頭「噗」一聲墮地。

我以為豆豆會像劇集中中槍的女主角般淒美地緩緩倒地，可現實中的她還是站着，只是受了驚呆立當場，嚇得掉下鋤頭。

子彈打歪了，射破了一盞工地照明燈。

説是打歪其實很「客氣」，照明燈在豆豆的正右方十多米外，而林警長與她相距不足兩米，眼界未免太差。

接着又是「噗」的一聲，林警長的手槍掉在我跟前。他全身抽搐，鼓起雙頰，似是快要嘔吐。

他如像山洪暴發地吐了，一股暖烘烘的液體噴灑在我身上。是血。

林警長吐血。

再一次「噗」的一聲，他倒下。

早知會看到如此血淋淋的畫面，我剛才就不吃東西，我忍不住吐了一地。

「點解佢會嘔血㗎？」豆豆躲在我身後，探頭看全無反應的林警長，「好核突呀。」

「我諗係佢炒車之後內出血啩。」我抹一抹嘴角。

我剛要蹲下探他鼻息，但橋底傳來停車、開關車門、腳步等聲音，我便停下動作。

「點解會有人嚟呢度嘅？」豆豆問，「唔通係工人嚟開工？」

「點會呀咁夜，又冇理由係其他司機，係得車仔先會懶醒點

我行呢條爛路嗜。」

很快，黑暗的橋底走出兩個男人，一個高大瘦削，頭髮卷曲，三十歲上下；一個肥腫難分，但行動敏捷。

肥胖男人指向我。「係佢喇！」

他是按摩中心那個肥仔！

「死喇，佢搵到嚟喇！」豆豆驚呼。

二人向我們跑來，卷髮男人望一望倒下的林警長，停下腳步。「係老林呀！」

他警戒起來，從口袋抽出一細長的銀色物體，甩了幾下，一端已亮出刀刃。我在電影《賭神》見過周潤發用這東西割破吳孟達的衣服，這是蝴蝶刀。

卷髮男人走過來，用刀尖指向我：「係咪你殺咗老林呀？」

肥仔走過去檢查林警長，然後向卷髮男人説：「老林死咗。」

「係咪你殺咗老林呀？」卷髮男人再問我。

「唔關我事㗎，係佢自己炒車㗎咋。」

「佢炒車會搞到你成身血？」

「佢跌咗落個坑度，我救佢上嚟，一陣佢就噴血喇，真係唔關我事㗎。」

他不相信我的解釋，咬牙切齒道：「我馬交棟嘅人都敢隊冧！」

他就是馬交棟！那麼肥仔就是他的頭馬肥烈了。

「大佬，真係意外嚟㗎！」

「好，呢單嘢一陣先同你計，黃浩歎喺邊？」

我一時想不起歎叔的全名叫黃浩歎。我初次見歎叔，在他床頭的名牌見過他全名，但他自稱歎叔後，就幾乎忘記他全名。

「我唔知呀？」

「唔知？佢間舖個伙記話係你車走佢嗝，你車咗佢去邊？」

林警長、肥仔與馬交棟是同伙，即是說林警長查車時已經認

得我或我的車，應是馬交棟或肥烈告知他的，他故意放我走及跟蹤我，並一直透過電話向馬交棟通報我的位置。

「我係車過佢，但係佢中途落咗車。」

「你原本車佢去邊，佢喺邊度落車？」

「明達小學，佢喺元朗公園對面條村屋嘅一間公廁度落車。」

「我上你車，你帶我去搵佢。」

如果歎叔與馬交棟是朋友，他一旦發現歎叔的屍體在我車上，不知道會有什麼後果。「我唔知歎叔落車之後會去邊喎。」

「你叫佢歎叔？」馬交棟一臉狐疑，「你同佢好熟呀？」

「算係啦，我車過佢幾次。」

「你講大話！」我説謊時總是表現得很緊張，他一眼就看穿我了。

「冇呀，真係冇呀！」

「肥烈，你咪想報仇嘅，」馬交棟冷笑一下，收起蝴蝶刀，

走向不遠處的石壆，坐下抽煙，「打還打呀，唔好打死佢呀，我仲有嘢要問佢。」

「收到！」肥烈彷彿想出手很久，聽到馬交棟指示便一拳打在我肚皮，我痛得彎下腰。

「喂，你唔好打佢呀。」豆豆在一旁大叫，想上來幫我。

「八婆，你踢L爆我細佬，一陣先搞掂你！」肥烈氣勢強勁，嚇得豆豆不敢再走前一步。

肥烈向我拳打腳踢，我試過還手，重重擊在他身上，但他已被恨意蓋過痛楚或者根本不怕痛，繼續攻擊，不久我就痛得倒地不起。

「喂，你唔好L詐死呀，起身再打過！」肥烈輕輕踢我幾腳，「你唔係好L好揪嘅咩！」

「Uper佬，」馬交棟向我說，「肯講真話未呀？」

「我……我真係冇呃你㗎。」

「好，睇下你可以再頂多幾多拳，肥烈，繼續打。」

肥烈沉重的身軀坐在我身上，左一拳右一拳打在我臉上，我雙手掩面擋住，只感到手背骨其痛難當。

忽然，豆豆出現在肥烈身後，馬交棟高呼：「肥烈，小心後面呀！」

豆豆手執鋤頭砸向肥烈頭頂，肥烈轉頭一看，雙臂一伸，捉住鋤頭柄，用力一扭，奪去鋤頭。

「X 你老味，」肥烈站起，一步步走向豆豆，「想攞我命！」

肥烈高舉鋤頭，揮向豆豆，我馬上用雙臂抱住他雙腿，他失去重心，向前趴下，他越用力掙脫我就越用力抱緊。

「豆豆，走呀！」我大叫。

豆豆沒有走開，拾起石塊想上前打肥烈的頭，他揮動鋤頭阻止她，三人你攻我守，一時難分難解。

馬交棟站起。「肥烈，使唔使幫手呀？我趕時間呀。」

「唔使！我連呢兩條友都搞唔掂，我仲使出嚟行嘅！」

此時，橋下一方塵土飛揚，引擎聲大作，一輛汽車疾駛而至，

衝向馬交棟，馬交棟急忙打橫跳開，但仍被擦過，跌了一跤，汽車沒有停下，車門自動打開。

這是車仔的車！

他伸出頭來。「利記，阿嫂，上車呀！」

我向豆豆使一個眼色，示意她先動身，待她跳上汽車後我才放開肥烈，連爬帶跌跑向汽車。我全身疼痛，腳步不穩，身子一歪，正好迎向車頭，車仔扭軚閃開，車身在我身邊不足半米掠過，剛好肥烈站起，被汽車撞個正着，先是他手中的鋤頭插入口腔，繼而被輾過。

我已嚇得不懂反應，只是望着肥烈與一地鮮血。「大L鑊喇，又死人呀！又死人呀！」

車仔停車並走了出來，拉着我走。「仲望，上車啦！」

我們還未及上車，只見閃起一下刀光，馬交棟已跑了過來，以蝴蝶刀直刺向我，「咻」的一聲，刀鋒刺破皮肉，受傷的卻是車仔的手掌。他用手掌硬生生撥開刀鋒。

我馬上一個勾拳打向馬交棟下頷，他反應極快，先是一腳踹開車仔，車仔往後跌倒，隨即橫刀削向我的頸項。我的一拳只打

出一半，匆匆中途收起，曲起手臂擋住一刀，前臂登時血流如注。

車仔的後腦撞在地上便沒有反應，不知是昏迷還是死去，但我已來不及擔心，因為馬交棟繼續向我揮刀。他殺氣沖天，看來不置我於死地誓不罷休。我嚇得繞住汽車跑，他就拼命追趕。

我見到車上空無一人，豆豆呢？

跑了一圈，身後的馬交棟忽然不見了，回過神來發現他已反方向跑來，站在身前。

「仲想走！」他一手捉住我衣襟，一手手起刀落，我以為我會命喪於此，卻聽一下巨響，馬交棟便停下了手，腳步浮浮地退後幾步，用手掩住左肩，閃到車後。

「利記，你冇嘢吖嘛？」身後傳來豆豆的聲音，我轉身看到她雙手握住手槍，槍口正冒出白煙。這應該是林警長的手槍。

豆豆走到我的身旁，向我說：「我係咪打中咗佢呀？」

「係呀。」

「真係？」豆豆提過小時候在馬來西亞跟爸爸燒過槍，但從來沒有「實戰經驗」，好像不太大相信能一擊即中，「你唔好郁，

我去睇下馬交棟死咗未。」

「我同你一齊去！」我本應帶頭，但豆豆是持槍的「神槍手」，她便很自然地率先前進，叫我跟住她。

我們小心翼翼繞到車後，已不見馬交棟的蹤影，只有地上一道血跡，沿着車身另一端伸延至那坑洞，到了洞底就消失。坑洞長度橫跨整條公路，看不到盡頭，馬交棟步速再高，也不可能瞬間跑到任何一方。

「佢應該仲喺附近。」我說。

「唔通下面有條通道？」

「似係喇，通常呢啲坑都有安全門，萬一下面有意外啲工人都可以走。」

我探頭一看，下方的洞壁上果然有一道不足兩米高的小門，門上貼了一幅過了膠的地下通道逃生路線圖。「下面真係有道門，佢應該入咗去。」

「落唔落去睇下呀？」豆豆瞄向洞內。

我思考一會才說：「畀把槍我，我自己一個落去，你去睇下

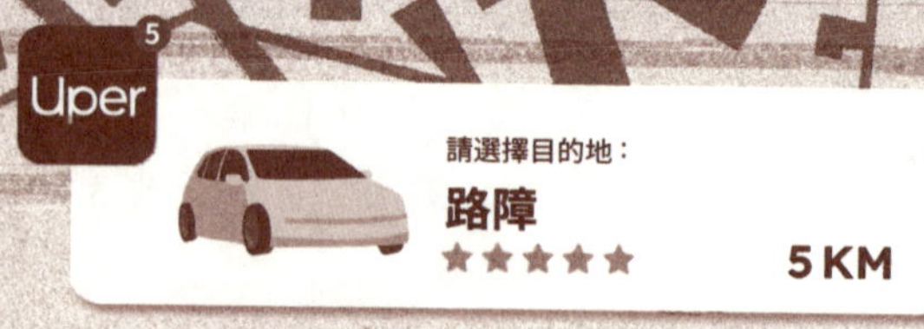

車仔有冇事。」

她很不放心我一個下去，但都敵不過我的堅持，便教我如何使用手槍。

我跳入洞中，一手舉槍，一手慢慢打開門，裡面有一道長長的通道，牆壁頂部每隔一米就有一盞呈半膠囊型的小燈，發出微弱的暗黃光線，看不到地上是否有血跡。通道盡頭左右都有拐彎處，不知道馬交棟走向哪一方。

常言道窮寇莫追，趕狗入窮巷遇到的反撲有多激烈真是不敢想像，何況馬交棟不是一般的野狗，而是混跡江湖的瘋狗。

我爬上地面，見車仔已經清醒，與豆豆站在我的汽車旁，他拿着她在便利店買的飲料，灌了幾口。

我走向他們，解釋沒有去追馬交棟的理由。

「我仲以為你一槍打爆佢個頭。」車仔做出拿槍姿勢。

車仔表現得很精神，我不禁用力抱住他。「嚇死我喇，我以為你死咗。」

「阿嫂，我同利記冇嘢㗎，」車仔向豆豆笑說，「不過佢對

我有冇嘢就唔知。」

「你個頭點呀？」我問車仔。

「腫咗囉，都唔知有冇腦震盪。」他摸摸後腦。

「馬交棟會唔會返轉頭㗎？」豆豆說。

「挑，有你喺度，驚佢有牙呀？」車仔一臉不屑，「喂，利記，畀返把槍『神槍手』啦，你揸波就叻，揸槍你識L咩。」

看來豆豆已告訴他一槍擊退馬交棟的「威水史」。

「我唔要呀。」她連連搖頭。

「你隻手點呀？」我問車仔。

「痛到X仆。」他晃動一下用撕下的衣服包紮的傷口。

「咁唔好講喇，你噚噚聲去醫院啦。」

「咁啲鹹魚點呀？」車仔望向林警長及肥烈。

「咁搬晒佢哋上我車先啦，反正我架車都……」我馬上住口，

不想他知道我殺了嘆叔。

「唔使吞吞吐吐喇，反正你架車都有條屍，唔爭在放埋一齊啦，阿嫂講晒畀我聽喇。」

「係車仔問我哋點解嚟呢度，我一時口快快……」豆豆有點不好意思。

「車仔，其實你唔使參與呢件事，我自己埋晒三條屍就得。」

「利記，你唔係講啲咁嘅嘢呀，一場兄弟你有難我會唔幫拖？仲有呀，肥烈係我撞死㗎，點計都關我事啦，」他走向林警長身邊，「過嚟幫手抬啦。」

我叫他等一會，然後從車上拿出兩個樹袋，我與車仔套住林警長及肥烈的屍體，豆豆則負責用沙土掩蓋地上的血跡。

我們合力把屍體疊在車尾箱後，用僅有的一樽樽裝水洗去身上沾染的血跡，我的外套是黑色，血色不太明顯，便暫時不清洗。

我坐上司機位，車仔搶先坐我身旁，豆豆呆立車外抗議。「我要坐前面。」

「你坐後面啦，一陣唔知有啲咩發生，有咩嘢我同利記頂住

得喇，你坐後面安全啲，」車仔把槍交給豆豆，「呢度得你識用槍，把槍交畀你。」

「我唔想坐得咁近啲屍體呀。」

「怕咩啫，生勾勾嘅人你都唔驚啦，驚死人？」

「你唔驚不如你坐吖。」

「你啲女人唔好生人唔生膽啦。」

「不如你哋兩個都位後面啦，」我說，「畀熟人見到我都可以話你哋係客，冇咁易惹人懷疑。」

「唔使啦。」車仔轉身望向車尾箱，眼神閃縮。

「哦，我明喇，」豆豆斜眼看他，「你都怕啲死屍，講到自己咁偉大話有咩嘢同利記頂住。」

「怕你呀？」車仔下車，「一齊坐後面囉！」

二人坐上後座，車仔傾前而坐，明顯是要刻意遠離屍體。

「你諗住去邊呀？」車仔問我。

「明達小學後門，你話嗰度冇人。」

「依家唔得喇，頭先個 group 有人話送客過去嘅時候，見到後門有班友喺度行嚟行去，你冇睇 WhatsApp 咩？」

「頭先咁嘅情況，邊得閒睇呀？咁返轉頭啦。」

「唔得，我頭先教過幾個行家行呢條路，雖然唔知佢哋會唔會聽我講，但係萬一撞到佢哋就大 L 鑊喇！」

「咁點好呢……係喎，」我看到卡在水撥的毛巾，伸手拿掉，並說了紅魔鬼偷襲我的事，「頭先紅魔鬼掉完毛巾之後，眨下眼就唔見人，前面明明一條大直路，冇理由走得咁快㗎？」

車仔明白我的意思，向窗外張望，指着前方一旁被鐵絲網圍住的樹林。「喂，你睇下嗰邊，好似有條路喎！」

我也看到那邊豎立了一個黃色金屬牌，似是交通指示，我駛近一看，牌上寫着「往屏山」。

雖然不想承認，但的士司機對冷門路線的認識，遠比我們這些網約車司機多，只要他們有點職業道德，確實是乘客之福。

我開動汽車，沿林蔭小路直往屏山。

「車仔，去到屏山之後點呀？」我問。

「不如去屯門碼頭，掉晒啲鹹魚落海。」

「點得呀，咁遠，今晚又一街都係 road block，屯門碼頭又人來人往。」

「咁去流浮山囉……都係唔得，嗰邊都人多，呢頭有冇啲冇乜人去嘅海邊呢？」

「不如你問下 Dickson 吖？」

「咁佢問起我點解搵呢啲地方，我點答呀？」

我們思考時，我才想起一個應該問但沒有問的問題。「車仔，點解你會嚟救我哋㗎？」

「我喺七仔咪話接到賀老闆畀我支遊客旗嘅，原來就係馬交棟同肥烈，我喺啲報導見過佢哋張相，成日諗幾時可以見到傳說中嘅猛人呢？你知我同你搞餐廳嗰陣，有好多大佬嚟食飯，我同佢哋好熟，但係佢哋都係啲魚毛，終於畀我親眼見到……」

「講重點啦唔該。」

「佢哋上車之後都冇話去邊，直至馬交棟收到個電話，我聽到佢叫另一邊嘅人做老林，之後佢就叫我開車去十八鄉路，再兜去個起緊大橋嘅地盤，咁我就諗，唔通佢哋又係去明達小學？到咗橋底中間，佢哋就落車，叫我等佢哋一陣，會畀多一千蚊，咁我咪等囉，但係等咗好耐都唔見佢哋返嚟，就揸前少少睇下，見到肥烈同條友打緊，馬交棟坐埋一邊煲煙食花生，我以為係江湖仇殺，費事惹禍上身，諗住退車走，點知睇真啲係你同阿嫂，咪去救你哋囉，我仲爭啲撞死馬交棟。」

我想起農莊周小姐引述叔本華的那句話：「『偶然』意味着沒有關聯的事情同時發生，可見沒有事情絕對偶然，相反偶然的事情是必然發生的事情。」今天發生的事與此不謀而合，如果偶然就是必然，那麼之後會發生甚麼必然的偶然事件呢？會否有第四個，甚至更多人因為偶然而必然地身亡呢？

我又想，如果不是為了太太，我也不會因為貪心而發生連串事件，也不會奪去兩條人命。

「點解你會得罪馬交棟㗎？呢啲人唔惹得㗎，出事㗎嘛！」車仔說。

「我都唔識佢，你知㗎。」

「九成係你條友食咗人哋條女你自己唔知啦，你知你幾L風

流㗎啦。」

「我估係同歎叔有關。」我說出如何錯手殺死歎叔、馬交棟如何找到我，以及他與歎叔的朋友關係。

「咁即係話馬交棟搵你尋仇，但係佢冇理由知你隊冧歎叔喎，會唔會有人篤你出嚟呀？」

「你講緊我呀？」豆豆有點不快。

「冇話係你，估下啫。」車仔解釋。

「我覺得唔似係尋仇，馬交棟似係好急咁要搵歎叔。」

「關唔關袋錢事呢？歎叔可能起咗馬交棟尾注。」

「都有可能，早知我就唔貪啲錢啦！」

「我識你咁耐，你唔似係貪錢嘅人喎，係咪有啲咩苦衷呀？爭人錢？畀人捉黃腳雞？有嘢拆唔掂你搵我吖嘛，我識咁多大佬。」

「你唔使亂諗喇，我咪就係衰貪心囉。」我隱瞞了太太需要二百萬元的事，免得車仔又為我費心。

「點解今晚咁多人去明達小學嘅呢？」我轉換話題，「唔通去靈探？」

「咁多人去靈探，陽氣咁盛，啲鬼都唔敢出嚟啦！我覺得有大茶飯先真。」

「講返正題先，咁我哋跟住去邊度好呀？」前方不足一百米就是大路。

「呢度咁靜，不如掉埋一二邊算啦。」

「點得呀，好多人知你同我嚟過呢頭喎。」

「阿嫂，你有咩諗法呀？」車仔隨口問。

車仔無意的一句話，竟換來豆豆的提議。「我諗到一個地方，喺洪水橋。」

網約車殺人事件

RIDE OR DIE

▪ 6KM 餐廳

根據 Uper 司機報料，公路仍有不少路障，不過往洪水橋的路線可以選擇走內街，幾經轉折來到一條圍村外的遊樂場。我們下車，先到公廁清洗一下，再坐回汽車到對面的露天熟食檔，這處已經十室九空，只有三間食肆繼續營業，都已經打烊。

「就係呢度，」豆豆指向一間名為「熱爈小炒」的食店，「喺兩間舖中間有條巷仔過到去後面。」

小巷剛好足夠一輛車通過，兩邊又堆滿雜物，「幸虧」香港聞名世界的嚴重土地問題，更狹窄的路我也遇過，加上我有幾年職業司機的經驗，不用慢駛便能直達後方。

「阿嫂，你行返過去巷口睇水。」停車後車仔急不及待下車。

「你哋兩個掂唔掂㗎？」豆豆問。

「我同利記以前開餐廳㗎，呢啲環境我哋熟過你啦！」

「記住，個凍肉櫃右邊有個消防鐘，short short 地，揩下都會響，小心啲。」

「得喇，喂，利記，做嘢。」他掀起車後門，血水已從樹袋的小孔流出。我和他先一頭一尾抬起疊在最上的林警長屍體，搬向店舖後方放置在外的三個凍肉櫃。我一手拉開其中一個櫃的櫃

門，裡面有少量食材，餘下的空間剛好足夠放屍體。

豆豆的計劃是先把屍體先放入凍肉櫃，等風聲過去才來取回。食店老闆是她熟客兼契爺，她經常來這裡探望他，對方曾跟她說過要回鄉一個月，食店休業一個星期。

「等陣先。」放進屍體後，我伸手入樹袋取走林警長的電話。

「點解攞部電話出嚟呀？你驚佢響呀？擺咗入去都聽唔到啦。」

「小心啲好。」

「咁唔爭在喇，」車仔取過電話，在屍體的面上一掃，解鎖電話，再重設密碼，「搞掂。」

「你搞乜呀？」我奇道。

「佢差佬嚟㗎嘛，話唔定佢啲 message 有警察啲料，可以知道邊度有路障。」他把電話放入口袋並關上凍肉櫃。

接着我們抬起肥烈的屍體。他起碼 100 公斤，搬去凍肉櫃只是十步之遙，但我和車仔已滿頭大汗。打開中間的櫃，裡頭全是冰鮮雞，我們先把它們挖出來再塞入肥烈。他如灰熊的身形幾乎

佔據所有空間，勉強才能關門。

車仔見我不住抹汗，便用力拍打我的手臂鼓勵我：「仲有一個咋，頂埋佢。」他正好拍在我舉臂格檔肥烈攻擊時弄到的瘀傷之處，我痛得退了一步，車仔連忙抓住我的前臂。

「唔好再退喇，」車仔望向我身後，「你爭啲撞到個警鐘呀。」

他抓住我的前臂上有被馬交棟割破的傷口，我痛得眼淚都飆了出來。「X 你咩，整到我個傷口呀！」

「Sorry。」

「契爺！」小巷那頭豆豆説道，她的聲音大得誇張，想必是故意給我和車仔聽到。

「豆豆，點解你喺度㗎？」一把男聲回答，這就是她契爺吧。

「我去對面條村幫人上門按摩，按完咪出嚟等 Uper 囉。」

「呢度咁靜，點解唔喺村口等呀？」

「我着成咁，費事俾村啲女人見到，佢哋會話我係啲唔正經嘅女人㗎。」

「最 L 憎就係嗰啲歧視女人嘅女人㗎喇。呢度咁熱，入去坐住等啦。」

我聽到開鎖聲，然後我身邊牆上的抽氣扇透出白光，我踮起腳，從抽氣扇的罅隙中向內望，見約莫七十歲的契爺及豆豆並肩走進店內。

「契爺，你唔係返鄉下咩？」

「返鬼返馬咩，我過關嗰陣先知個回鄉證過咗期，即場補領要收成五百幾蚊，仲要唔知等幾耐，咪出九龍搵班老友打牌囉，諗住贏返多少使用，點知手風唔順，輸到眼坦坦。」

契爺坐下，豆豆很有默契地繞到他身後，為他按摩肩膀。「點解咁夜都返嚟舖頭嘅？唔返屋企唞下？」

「本來返咗屋企㗎喇，不過隔籬村個村長頭先打電話畀我，話聽日請親戚嚟呢度食飯，叫我聽日叫齊啲伙記返嚟開工，咪返嚟睇下夠唔夠雞囉。」

「你唔記得咗喇，你上個禮拜咪入咗貨囉，一個月都夠食呀。」

「係喎，真係冇記性。係呢，你乜都冇帶嘅？你啲架生呀電

話呀銀包呢？」

「哎吔，我漏咗喺個客個屋企呀。」

「咁我陪你過去攞啦。」

「唔得呀，佢老婆呢個時間應該打完牌返咗屋企。」

「我借個電話畀你，」契爺把電話交給豆豆，「你WhatsApp佢，叫佢攞過嚟。」

「唔使啦，我聽日搵佢咪得囉。」豆豆手拿着電話，一臉不自然。

「點得呀，你冇鎖匙點返屋企呀？」

「我攞低咗條鎖匙畀隔籬鄰舍，我問佢攞咪得囉。」

「咁夜就唔好打搞人喇，不如你今晚去我度瞓啦。」

「唔係咁方便嘅。」

「有咩唔方便吖，我老婆都去咗咁耐，佢喺下面都想有個人照顧我，你不如索性搬過嚟同我住啦。」

我與車仔對望一眼，心中大概都吐出三個字：老淫蟲！

「契爺，我知你對我好，不過我做你契女就已經好開心喇。」

「你係咪為咗嗰個白牌仔呀？佢呢啲人三更窮五更富，靠唔住㗎。」

他說的「白牌仔」是我？豆豆已將喜歡我的事告訴契爺？

「咁鍾意一個人又唔係淨係為咗錢嘅。」

「傻妹，真係有情飲水飽咩，你唔顧你自己都顧下你老豆吖，我叫你嫁畀我都叫咗半年啦，佢病成咁，唔通你又想再拖多半年咩？我驚咁拖落去佢捱唔住咋，我唔係話唔肯畀錢醫佢呀，但係我冇理由幫個非親非故嘅人㗎，係咪先？」

「我試下搵下個客。」豆豆在電話上按了幾下，我的電話就震動了。

「你哋搞掂未？搞掂就扮 Uper 司機嚟接我。」豆豆給我傳了一條短訊。

我本來就是 Uper 司機，不用假扮。

「爭嘆叔未放入去，你引開你契爺先，我哋盡快。」我回覆。

她在電話上掃了幾下，大概是刪去我們的訊息。

她交還電話給契爺。「我屋企啲廁紙用晒，唔記得買，你可唔可以畀幾卷我呀？」

「你等陣。」

契爺走向店內另一道小門，待他進去一會，我和車仔才去搬歎叔的屍體，正要打開第三個凍肉櫃時，我不禁輕輕吐出：「X 街！」

「X 咩街呀？」車仔問。

「你聽唔到咩，豆豆契爺話……」

「聽日村長嚟食飯！」

「咁快啲搬返晒啲鹹魚上車先啦！」

我們先放歎叔回車上，打算搬走肥烈時，聽到契爺的聲音：「我得返一卷廁紙咋，畀住你先啦。」

「頭先唔記得講，我仲想要個燈膽，我屋企嗰個燒咗。」

「咁我買定啲廁紙同燈膽，下次上你度攞畀你，我去睇下有冇燈膽先。」

聽到裡的開門及關門聲後，我便想拉開櫃門，車仔輕輕吐出：「X街！」

「X咩街呀？」

「架車呀！」

「咩車呀？」

「我架車呀！」

我才猛然想起，車仔的車還留在地盤！剛才的情況太過混亂，我們三人都忘了如此重要的事，犯下這麼大的錯失！「咁點算呀？」

「點算？返去攞返囉！」

「咁快手搞掂啲嘢啦！」

車仔動身時，他踏上地面那些冰鮮雞溶雪時形成的積水，滑了一下，我便伸手去扶他，恰好抓到他那被馬交棟刺破的手掌。他痛得要張口大叫，我馬上一手掩住，可是用力過大，他又向後滑了一下，另一隻手往牆上一按，穩住身體。

「我好似摸到啲嘢。」車仔說。

我與他向同一個方面望去，注視同一個紅色的東西。

消防鐘！

接着鐘聲大作，同時店裡的契爺說：「嗰個爛鬼鐘又無啦啦響，一陣成班火燭鬼嚟到又要解釋，真係麻L煩，豆豆，你等我一陣，我去搵塊布冚住佢先，嘈到頭都痛。」

我透過抽氣扇看到他走向後門。「車仔，契爺嚟緊，閃呀！」

「契爺，我去冚咪得囉，」豆豆說，「你坐下啦。」

「好啦，我去攞罐啤酒飲下，你要唔要呀？」

「好吖唔該。」

豆豆跑過來打開後門。「搞掂未呀？」

「搞唔掂呀！」車仔說。

「車仔，我哋快啲走喇，執埋地下啲雞走，凍肉櫃裡面啲屍轉頭先返嚟拎，如果唔係畀契爺見到唔掂。」

三人七手八腳捧住凍得牙關打顫的冰鮮雞上車，便再次小心翼翼駛進那狹窄的通道，但我太過緊張，就算駕車經驗再豐富，也撞倒了牆邊的幾個舊石油氣罐，有一個叮叮噹噹滾了出巷口。

石油氣罐停了滾動，被契爺踩停。

「喂，做咩揸駕車入去呀？」他手中拿着兩罐啤酒。

「點解佢會出咗嚟㗎？」我在巷子中途停車，輕聲問身旁的車仔。

「一日都係你啦，撞冧晒啲嘢，算呢個阿伯唔好彩啦，踩油衝過去，撞佢老味！」

「你黐線㗎，已經死咗三件喇！」

「你黐線㗎，講下咋，你唔好真係撞呀。」

契爺走過來，用啤酒罐罐底敲敲車窗。

我打開車窗。「唔好意思呀，我係 Uper 司機，行錯路。」

「行錯路？」契爺打量我一下，然後問豆豆，「佢就係你講嗰個白牌仔呀？係幾靚仔嘅，靚仔冇本心嗰度弊呢！」

不知道是他閱人經驗豐富，一眼就看穿了我就是豆豆的「男人」，還是她向他形容過我。

「佢驚畀人抄牌，先駛入去咋。」豆豆說。

「你當我白痴㗎，咁嘅理由都講得出，係咪發生咗啲乜嘢唔講得畀我知㗎？」

「其實……」豆豆說不出口。

「不如等我講啦，其實……」我也說不出口。

「其實阿嫂想借你個凍肉櫃擺啲嘢……」車仔說到一半停了下來，望向豆豆，期待她接口。

「契爺，」豆豆垂頭說，「我唔小心殺咗人呀。」

「你就趁我唔喺度擺條鹹魚喺我度？」

「兩條。」車仔補充。

「點解會搞成咁㗎！」契爺反反白眼。

「佢哋上嚟我度按摩，臨走嗰陣想夾硬嚟，我反抗嘅時候錯手殺咗佢哋。」

「你一個人點殺佢哋兩個呀？」

「我哋啱啱上去搵阿嫂宵夜，」車仔說，「阿嫂嗌晒救命，我咪同利記入去救佢囉，點知嗰兩條友咁孱，扑兩下就死。」

看到我與車仔非常健碩，契爺才點點頭。「豆豆，咁你諗住之後點處置嗰兩條鹹魚呀？」

「我哋諗坐擺住喺凍肉櫃一晚，第二日風聲冇咁緊就會搬走，唔知點解今晚條街好多警察。」

「搬走之後呢？埋咗佢呀？掉落海呀？依家周圍都係天眼，好易俾人發現㗎。」

「我哋會諗辦法㗎啦。」

「後生即係後生，做嘢都唔諗後果嘅，」契爺拿出銀包，從

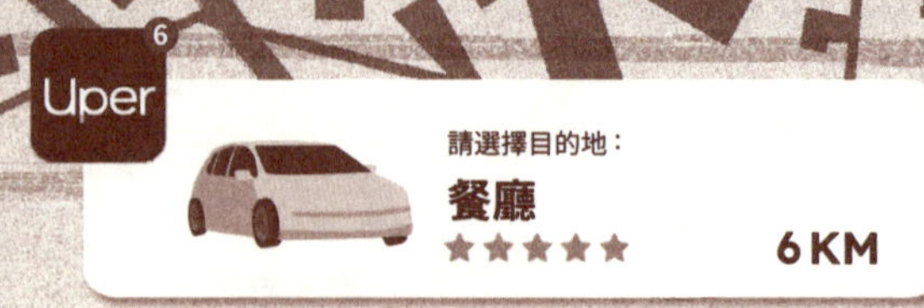

中取出一張卡片給我，「你搵火牛啦，佢係我表弟，話係我介紹，佢會幫你搞掂嘿喇，我聽朝會打畀佢講聲。」

卡片上印有燒臘工場的地址及電話。

「點搞掂呀？」我問。

「燒到化灰，差佬想查都查唔到啦。」契爺說。

「咁激？」車仔十分驚訝。

「你當我吹水呀？你唔好睇我依家成個阿伯咁款，我出嚟行嗰陣你仲係你老豆條精蟲咋，我毀屍滅跡多過你扑嘢呀！」

開餐廳時，我曾經向多間燒臘工場取貨，我去過其中一間參觀，那兒幾個深入地底如水井的巨型石爐，每個爐可以一次過燒八隻燒豬，燒一、兩個人自然綽綽有餘。

我非常疑惑。「契爺，點解你要幫我呀？」

「閘住，邊L個係你契爺呀！你聽清楚，我唔係幫你，係幫豆豆，件事因佢而起，我冇理由唔幫，」他仔細地看我，「見你周身傷，梗係為咗救豆豆俾人打成咁啦，你都算係一條硬漢。」

「咁唔爭在喇，」車仔望一望車尾箱，「其實呢……仲有一條喺後面， 擺住喺你度先。」

「咩話，仲有一條？喂，你哋好老老實實講，到底發生咩事？」

「唔……阿嫂，你講啦不如。」

「等我講。」我把起了貪念錯手殺死歎叔的事說了，而隱瞞了是為了太太，又說出地盤的事。

「契爺，不如你畀我哋擺條屍入凍肉櫃先啦，消防員好快嚟㗎喇，我聽日再同你解釋吖。」豆豆說。

契爺沉默下來，打開啤酒一飲而盡，再打開另一罐，但沒有喝。「你哋唔擺得條屍入去，第三個櫃壞咗。咁啦，你即刻去搵火牛，我轉頭就打畀佢，橫掂都係，不如你搬埋後面嗰兩條鹹魚燒埋佢。」

可是，遠處已然傳來消防車的燈光，契爺馬上踢開地上的石油氣罐，清空去路。「嚟唔切喇，走啦！」

汽車開出小巷，豆豆叫我停下，然後落車跑向契爺，緊緊擁抱他。

網約車
殺人事件

RIDE OR DIE

▪ 7KM 送貨

「你契爺會唔會篤我哋出嚟㗎？」前往位於屯門藍地的燒臘工場時，車仔問後座的豆豆。

「一定唔會，」豆豆有些哽咽，「佢老婆死咗，仔女又移晒民，我問佢點解唔跟埋去，佢話啲仔女怕佢唔習慣外國嘅生活，其實就係唔想帶埋個老人家過去佗手掕腳。佢真係幾慘，細個好窮，成日俾人蝦，所以跟咗個大佬，後來大佬叫佢運毒俾人捉到，坐過幾年監，出監之後佢辛辛苦苦賺錢養家，到頭來就俾人嫌棄。」

那個年代生活艱苦，很多人為勢所迫「跟大佬」作奸犯科謀生，在他們那一輩人眼中，我算是很幸福吧。

「佢好錫我，時不時整嘢食攞上嚟畀我，驚我餓親，我真係有諗過嫁畀佢，照顧埋佢下半世，不過我又真係唔想嫁畀一個冇愛情嘅人，咁樣對佢對我都唔公平。」

「咁如果你契爺又後生又好似我咁靚仔呢？」

「X 你咩，呢個時候仲講呢啲嘢！」我說。

「X 噏下緩和下氣氛啫。」車仔嬉皮笑臉地說完，便拿出林警長的電話，仔細查看裡面的資料。

「頭先聽到你契爺話你爸爸有病，佢有咩事呀？」我問。

「肺癌，自從阿媽過身之後，佢就煙不離手，我喺馬來西亞搵過好多醫生都話冇得醫，有個醫生提議我帶阿爸過去美國醫，」豆豆問車仔拿香煙，點燃後又說，「我一有唔開心就食煙，好似覺得阿爸喺我身邊，諗起佢帶我去靶場燒槍，同埋支持我嚟香港追夢。」

她提過，她自小熱愛表演藝術，幾年前有香港電影監製邀請她來拍電影，雖然只是飾演小角色但她也非常開心，後來電影市道不景，在朋友介紹下在美容中心當按摩技師，後來為了賺更多錢籌爸爸的醫藥費，便自立門戶。

「你契爺用你老豆條命嚟要脅你同佢結婚，都幾 X 街嗝。」車仔說。

「咁我都唔係好，一直拖住佢，希望佢可以唔迫我同佢結婚都會畀錢我。」

汽車快要到達公路，我在一旁停車。「車仔，你知唔知有冇小路可以去到藍地呀？」

「我諗唔使避開啲 road block 喇，」車仔指一指林警長部電話，「呢個差佬有個警察 group，有個幫辦叫所有今日 check 車嘅人收隊，等下一個 operation。」

「Operation？佢哋係咪喺地盤搵到你架車呀？」

「就算係都唔使成村人去，我諗係為咗第二單嘢，」車仔反轉電話給我看屏幕，「會唔會係為咗阿嫂呀？」

「又關我事？」豆豆問。

「唔係你，應該話係舊阿嫂。」

警察群組有一張照片，下面是幫辦給所有人的訊息：「伙記注意，周家敏（ID:K654XXX(1)）涉嫌參與洗黑錢活動，如發現此人即刻同我報告。」訊息時間是我接載紅魔鬼前一小時。

「呢張咪頭先警察畀我哋睇嗰個 Chow Ka Man，」豆豆看看照片，便以懷疑的語氣問我，「車仔叫佢舊阿嫂，你又話唔識佢？」

「我費事講咗你會唔開心，Sorry。」我説着白了車仔一眼，心中說「真係多事」。

「阿嫂，唔使擔心，利記出咗名貪新忘舊。」

我向車仔說了林警長查車的事。

「舊阿嫂洗黑錢？佢唔似咁嘅人喎，會唔會俾人屈呀？」車仔說。

「唔好估喇，我開車同你去搵返你架車先啦，一陣俾警察搵到先就大鑊。」

「唔使啦，我截的士去得喇，你搞點條屍先啦。」

「你唔係好憎坐的士嘅咩？」

「非常時期用非常方法，call Uper 去有紀錄，俾人查到就GG。你畀住幾廿蚊嚟先，我冇現金。」

我打開銀包，把唯一的二十元鈔票給他。「得咁多咋。」

車仔以眼神向豆豆求救。

豆豆攤攤手。「一睇就知我乜都冇帶啦。」

現今世代，大概只有的士司機、獨立按摩中心和非法交易會用現金。

「X，我真係戇X，個旅行袋咪大把囉。」車仔拿旅行袋，正要打開，我馬上下車拉他走向車後。

「車仔，我覺得啲錢有啲唔妥。」我說。

「有咩唔妥呀？」

「歎叔撈偏嘅，收埋咁多現金都算合理，但係夜媽媽攞住成千萬出街，就有啲奇怪。」

「你係咪想話佢可能同差佬個 operation 有關呀？」

「頭先你畀我睇個電話嗰陣，我瞓到張圖，」我叫車仔拿出林警長的電話，翻查警察群組的紀錄，「你睇下。」

我打開其中一張圖片，是元朗地圖，上面有二十多個標注了的地點。

「你覺得似唔似定位追蹤之類嘅嘢呀？」我問。

「講落又似喎，係咪差佬用衛星追蹤唔知邊個電話嘅定位呢？唔通係歎叔？」

「有可能係，咁就可以解釋到點解會有咁多路障，同埋點解歎叔攞咁多錢出街。」

「佢應該係要去同人交易，同佢合作嘅人就係馬交棟，而交

易嘅人可能係舊阿嫂，所以差佬要刮佢出嚟……」

「交易地點就係明達小學。」我接口。

到了這個時候，我只好把為了太太才想把那些錢據為己有的前因後果說了一遍。「雖然啲錢對我嚟講真係好重要，但係背後可能牽涉到嘅嘢實在太危險，我哋三個都隨時冇命，不如唔好要啲錢，又或者你同豆豆走先。」

「咁啲錢點呀？掉去差館門口呀？咁你老婆點算呀？」

「唉，其實我好亂……我應該點做好呀。你記住唔好同豆豆講，佢知道真相可能為咗幫我更加唔肯走。」

「喂，」豆豆無聲無色出現在我身後，嚇了我和車仔一跳，「有咩咁好傾呀？」

「冇呀，諗緊啲的士狗可能唔收一千蚊紙，睇下邊度有得唱散佢啫。」車仔「解釋」。

此時有一部車從遠方駛來，明顯在減慢車速。

「架車係咪想停低呀？」我輕聲說。

「會唔會係差佬呀？」車仔給自已、我及豆豆各一根煙，「我哋扮吹水。」

我勉強吸了一口，嗆得不住咳嗽。

「咦，車仔，利記，」那汽車停下，司機探首出來，「咁啱呀。」

「Dickson，你換咗車咩？」我扔掉香煙。

「我之前架死人電動車郁啲就冇電，又冇地方叉電，咪揸daddy 架車囉，」Dickson 展現出自以為很有型的表情，望向豆豆，「Hi，靚女，我係車仔同利記嘅 friend，我叫 Dickson。」

「Hi，我係豆豆。」豆豆擺出對着客人的職業笑容。

「你條友唔好見女就起痰啦，阿嫂嚟㗎。」車仔望一望我。

「利記，你又有新女呀？你唔係同錦田嗰個周小姐一齊嘅咩。」

「我係新阿嫂。」豆豆特別強調個「新」字，像是要「確立身份」。

「利記，你唔係接咗賀老闆去明達小學咩支旗？點解喺度喋。」

「冇呀，我都冇 Online 。」

「你頭先問我點去明達小學，以為你去咗。」

「佢幫我問喋。」車仔說。

「你自己又唔問我，咁奇怪嘅你。你架車呢？」

「漏偈油，拎咗去車房英度整。」

「車房英出名食水深喎，我有相熟車房呀。」

「是但啦，搵開咪搵囉。」

「利記，你 on 返 line 先啦，賀老闆突然又吹晒雞咁搵人喎。」

「我幫人送緊貨，」我說，「送完先 online。」

Dickson 定睛我的汽車車尾箱。「咩貨呀？漏晒啲紅色水出嚟嘅？」

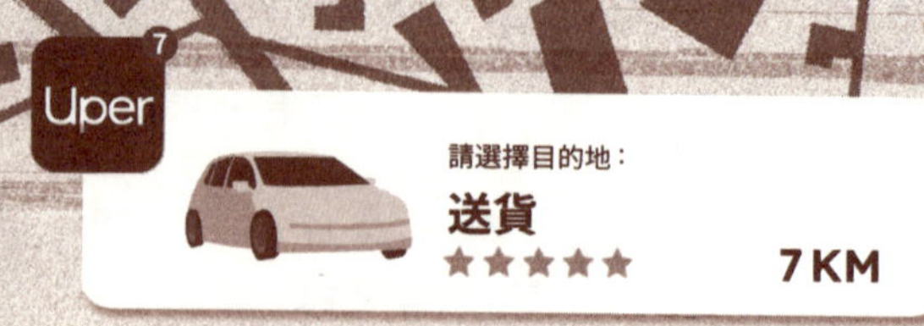

我轉頭看到車尾滲出血水，我們三人都緊張起來。

Dickson 下車，來到我面前。「咩嚟㗎？」

「冰鮮雞。」車仔說。

「冰鮮雞？」Dickson 掀起後門，看到覆蓋歎叔的一大堆冰鮮雞，「你就咁攞喺度咪臭囉，最驚就係畀警察見到，話你乜鬼嘢違反道路交通條例，借頭借路截停你抄你牌，不如你去買個流動冰箱啦。」

「咁夜去邊度買呀？」我匆匆關上汽車後門。

「我有名你叫元朗地膽啦，」Dickson 自信一笑，給我一個短訊，「你去呢間『冰工廠』冰粒工場，個老細喺地下開咗間舖，冰粒、流動冰箱、舊衫、煙仔乜都有得賣，你駛返出大路，向屯門方向行五、六分鐘，見到洪水橋田心村就轉入去，間嘢就喺間中學對面。」

說完，他拉我到一邊。「利記，上次叫你過檔新網約車公司，諗成點呀？」

「你都未肯話我知邊個係老闆。」

「話知佢邊個老闆吖，有得拆 60% 喎。」

「總之你唔講我唔會應承啦，記唔記得上次你叫我送紅酒單嘢呀？又話個客信得過，我睇新聞先知全部都係賊贓嚟，好彩冇俾人捉到咋。你都唔知邊度識埋啲古靈精怪嘅客。」

「好喇，講畀你聽都得，你唔好爆響口呀，其實叫我送紅酒個客同新公司嘅中間人，係同一個人，就係澳門嗰個馬交棟。」

「馬交棟？點解你會黐埋呢啲人度㗎？」

「原來你都識佢呀？」他十分驚訝，因為全行都知道我不問世事。

「聽車仔講過下。」如果他知道我跟馬交棟正面交鋒過以及肥烈死於車仔的輪胎之下，他必定嚇得下巴都掉下來。

「咁你應該都知道佢同二叔公合作啲嘢㗎啦。」

「車仔有提過。」

「其實做我哋呢一行，日日車咁多客，佢哋係咩背景我哋都唔使知啦，搵食啫，話知佢哋係好人定係壞人吖。」

「你畀我諗下先啦。」

「諗還諗，不過要快喎，聽講二叔公今晚叫齊人開會傾呢單嘢，好似話首先請一百個司機試下水溫，頭一百個先至有六成佣，之後就冇。好喇，我要去收貨先。」

「你又同人送武士刀呀？小心俾人捉到呀。」

「你定啦，我一次都冇俾人捉過。走先。」

「等陣，你有冇一百幾十蚊身呀？」

「要幾多，我 payme 你。」

「車仔搭的士要現金呀。」

「Uper 司機搭的士？」Dickson 笑了笑，「我邊有現金呀，你車佢去咪得囉。」

「咁冇嘢喇。」

Dickson 臨離開時千叮萬囑我要 online，他會通知賀老闆我在元朗。

我無奈 online，又跟車仔說：「我車你去攞返部車先啦。」

「不如去冰工廠買個流動冰箱先，擺歎叔同冰鮮雞入去，起碼俾差佬截住都有得解釋，順便買過啲衫換咗佢，尤其是係你，成身血腥味。」

「咁你部車點呀？」

「我諗啲人經過會以為係地盤啲車啩，冇嘢嘅。」但他的表情不像「冇嘢」，而是非常擔心。

我的電話響起，來電顯示是賀老闆。

「Hi，利記，我係 Kamala 呀，Dickson 話我知你依家喺元朗嗝，仲話你同車仔同埋女朋友一齊。」賀老闆說。

「係呀，咩事呀？」

「唔好意思呀，阻住你拍拖，不過今次你一定要幫幫手呀，突然好咗好多支去明達小學嘅旗，搵極都冇人肯接，有啲話驚警察放蛇，有啲過話嗰度好邪唔敢去，我知你不嬲都唔驚呢啲嘢嘅。」

「咁好啦，你有旗就畀我啦，」如果我拒絕的話，她一定會

再問長問短，「不過我要去一個地方先，去完就接旗。」

「Dickson 同我講咗啦，去冰工廠吖嘛，我盡量安排嗰邊啲旗畀你啦。」

掛線後，我把賀老闆的話轉達車仔及豆豆，他們都覺得我不得不接旗，否則會惹她懷疑。

我按照 Dickson 的指示，很快就到了冰工廠，這是一座七層高的舊式工廈，地下有一間沒有招牌的店舖，只貼着「廿四小時營業」的紙張，店面超過三千呎，放滿一排又一排的貨架，貨物應有盡有，是典型夜冷舖的格局。

車仔留在車上看守屍體，我與豆豆進入店內。

我向坐在門外穿着白色背心及短褲、搧着紙扇的長者説：「老闆，想買個流動冰箱同四包冰，冰箱有咩 size 呀？」我不知道他是否店東，不過「老闆」是一種對任何人都適用稱呼。

「又係流動冰箱？啱啱先有人嚟買咗三個大嘅，得返幾個細咋嘅。」

「你知唔知附近仲有冇地方買流動冰箱呀？」

「冇啦，呢頭得我一間開廿四小時，好多夜鬼都成日嚟幫襯。你用嚟裝咩㗎？」

「冰鮮雞，四十隻左右。」

「咁要買兩個先夠，跟我入嚟啦。」

夜冷舖老闆帶我們走進店內一角，那兒有四個揭蓋式的流動冰箱，約半米高、一米闊，勉強容得下歎叔，但要放上用來掩飾的冰鮮雞就不夠空間，但我已經沒有選擇。

「我買一個。」

「一個邊夠呀？」夜冷舖老闆說。

「我部車擺唔落兩個。」

他望向店外。「你揸部咁靚嘅車送雞呀？你係白牌司機哩，偷雞幫同人送貨，唉，真係搵食艱難。」

「收唔收信用卡或者八達通呀？」

「支付寶、微信支付乜都收，依家啲人出街邊會帶現金吖。」

「我哋睇下仲有咩買，連埋啲冰一次過畀錢。」

「咁我幫你搬個冰箱出去啦。」

「唔使啦，我自己搬得喇。」

我選了純黑色T恤及純黑色長褲，萬一再染上血跡都不會太明顯，豆豆則拿了一件長度及膝印有重金屬樂隊的黑色T恤。我先從貨架上取過一個有拉鍊的帆布袋及兩條毛巾，便與豆豆擠入狹小的單人洗手間。

我們清洗完畢及換好衣服，豆豆問：「其實警察張相嗰個周家敏係你邊個呀？」

到了這個地步，我也不想再隱瞞，便說出我與周家敏的關係。

「原來係咁……咁我呢？」她問，「咁我有冇機會同你一齊呀？定係你一直都淨係想同我搞嘢呀？」

「呢個問題，不如遲啲先講啦。」

「咁啲錢呢？你真係諗住唔要呀？其實我聽到晒你同車仔講嘅嘢。」

「我真係唔知……我淨係唔想你同車仔有事。」

啪啪啪啪啪，有人大力敲廁所門。「老友，你得未呀？好急呀。」

「就得喇。」我把換下來的衣服及用過的毛巾放入帆布袋才開門。

門一打開，我和豆豆都怔住了，敲門的人也呆了半晌。

「你哋兩個喺裡面搞咩呀？」那人問。

「佢係我男朋友，我哋一齊換衫，冇其他嘢㗎阿 Sir。」豆豆解釋。

敲門的軍裝男警雙手掩着肚皮，急不及待地從我和豆豆中間鑽入廁所，推我們出去便關門。

我搬起流動冰箱、四包冰粒及隨手拿了一套給車仔更換的衣服，付款後便匆匆走出店外，外面正在抽煙的一男一女，同時把視線移向我和豆豆。

兩個我最不想遇到的人。

「小姐，你攞返身份證未呀？」那男人問豆豆。

「攞返喇郭 Sir。」豆豆說。那男人是郭警長。

「下次記得帶喇。」

「Yes Sir！走先喇。」

「咪行住，」郭警長走到我的汽車後方，敲一敲車窗，「咩嚟㗎？」

車仔見有人走過去，便下了車，問郭警長：「先生，咩事呀？」

「警察，」郭警長拿出證件，「裡面啲咩嚟㗎？」

我、車仔及豆豆都不敢回答。

「你知唔知你哋部車漏緊血水呀？」他又說。

我吁一口氣。「裡面有啲冰鮮雞，所以漏水，所以咪買個流動冰箱囉。」

「如果要運啲濕貨，一定要確保唔好漏水，如果唔係會影響道路安全，仲有，天氣咁熱，啲食物就咁放喺度會變壞，好易食

壞人，快啲放啲雞入個冰箱度啦。」

「依家呀？」

「唔係等幾時呀？」

「我哋趕時間，轉頭會放。」

「趕時間？我就話裡面有啲嘢唔見得人喇，」那邊抽煙的女人是五噸半女神，她走近我調侃說，「你啲咁嘅人，有咩做唔出呀？話唔埋殺咗人收埋條屍呀！」

「師傅，」夜冷舖老闆剛好走出店外，向那女人說，「啲嘢齊晒喇，開櫃門吖。」

「我依家有緊要嘢做，俾我再見到你先慢慢同你玩！」

五噸半女神帶領幾個推着幾十箱樽裝水及多張膠凳的夜冷舖工人，走過去對面街的貨車，工人們把貨物放好後，她向我大叫：「我已經同 Kaman 講晒你周圍食女啲嘢，我真係唔明點解佢仲係信你唔信我！我到底有啲乜嘢比唔上你！」說完便開車走了，貨車死氣喉發出的聲音彷如她的怒吼。

我看到貨車的副駕駛座有一個人，霎眼看似是周小姐。

當我還擔心郭警長可能會打開後車門檢查時，一個電話救了我。

「喂……大聲啲……搵到林 sir 部電單車……好，你查下部車嘅車主係邊個，我即到。」郭警長掛線後與那用完廁所剛出來的男警，跑向工廈的轉角位，然後那部他與林警長曾經同坐的車及一部警車駛出馬路，不消半分鐘已經消失於視線。

「你聽唔聽到呀，佢話嗰個林 sir 係咪即係炒車嗰個沙展呀？」車仔十分緊張。

「似係喇，郭 Sir 好似聽唔清楚另一邊講乜，另一邊講電話嗰個人應該就喺我哋遇到馬交棟個地盤，嗰度咁偏僻所以收得唔清，咁即係話……」說到這裡我停了下來，與車仔對望一下。

「咁即係話佢哋發現咗我部車，」車仔激動地拍了幾下車身，「算喇，盡快搞掂歎叔先，行啦。」

開往藍地的燒臘工場途上，車仔一言不發，中途去到一處僻靜的後街，我與車仔合力把歎叔塞入流動冰箱，歎叔個子太高也合不上蓋，更遑論放入冰鮮雞及冰粒。

「其實仲搞咁多做乜啫，我都黃晒啦，求其掉條屍去一二便咪算囉，呢一千萬我哋分咗佢，最多你佔大份。」車仔滿腔怨氣，

把冰鮮雞和冰粒全都扔出車外發洩。

「對唔住呀車仔，我累咗你。」我除了這樣說，也不知道該說甚麼。

「得喇得喇，唔好再話累咗我，」車仔抽起煙來，一臉愁容，「一場兄弟，係我自願幫你嘅，我係怪自己傻仔漏低部車都有嘅。」

「咁我哋大家都有責任嘅。」豆豆安慰說。

「利記，究竟你仲有幾多條女㗎？豆豆、周小姐、五嘟半女神，紅顏禍水呀，遲早累死你。」

其實暫時算得上「累」我的只有豆豆。

「五嘟半女神同我冇關係㗎。」我搶道。

「咁落去班差佬實查到我車死肥烈，不如殺歎叔同條差佬單嘢我一個人孭晒啦。」車仔說。

「差佬單嘢係意外嚟，係衰都係紅魔鬼衰啦，何況你根本就冇載過歎叔，點孭呀？」

「咁唔係點喎，你仲要幫舊阿嫂㗎。」

「你咪識得車房英嘅，不如叫佢搭路畀你去第二度避下先，之後再諗辦法。」

車房英是車房老闆，有黑道背景，專門幫忙罪犯逃亡。

「但係半夜三更，霎時間佢曉飛都幫我唔到啦。」

「你咪喺佢度匿下先囉。」

「見步行步啦，」車仔抛去香煙，蓋上後車門，「行啦。」

網約車殺人事件
RIDE OR DIE
189

網約車殺人事件

RIDE OR DIE

▪ 8KM 燒臘工場 

來到藍地，我在九曲十三彎的小路上兜轉，終於來到燒臘工場，入口處非常寬闊，電動鐵閘上有一個圓拱形招牌，

我還是餐廳老闆時，去過類似的工場參觀，近入口處的房間是職員辦工室，再走入一點就是火爐房。近年已由機械處理整個燒烤過程，加上政府早已因為環保理由停止向燒臘工場發牌，這類「傳統工藝」已經買少見少，甚至可能只此一家。

我按了幾下門鈴，電閘才慢慢打開。把車駛進去後，我與車仔下車，辦工室的接待小窗口打開。

「咁夜嘅，搵邊個呀？」穿看更服裝的中年人問。

「我哋係熱熾小炒個老闆介紹嚟嘅，搵火牛。」我說。

「咦，你哋咪係嗰間乜鬼嘢餐廳嘅老闆。」看更說。

「我認得喇，你係燒豬劉，做乜好地地做開燒豬，轉咗做『食蕉』呀？」車仔說。

「『食蕉』好失禮你呀！」

「做『食蕉』好吖，好過日日對住個火爐吖。」

「好你老味，十年前唔係你呢兩條契弟篤我背脊話我賣走私豬，我使俾人拉人封艇！」

當年有食客光顧我和車仔的餐廳後又屙又嘔，衛生署驗出我們售賣的燒味飯含有沙門氏菌，再一層層追查供貨來源，最終一間燒臘工場被查封。

「咩原來嗰次單嘢關你事㗎，但係俾人告嗰檔嘢唔係你㗎。」

「係我同第二啲人夾份開嘅。」

「我哋鬼知你有份咩，況且係衛生署啲人查到啲豬嘅來源，都唔關我哋事，」車仔十分不耐煩，「喂，咪講咁多，叫火牛出嚟。」

「幾點呀依家，一早走咗啦，你哋聽日嚟過啦。」

我聽得出燒豬劉有心鬥氣，報復我與車仔「告狀」。「燒豬劉，有咩唔妥遲啲先講啦，我哋真係好趕時間呀。」

「你哋趕關我叉事呀？」

「你當你自己係老闆呀？你『食蕉』嚟咋！」車仔大力拍打窗口。

「『食蕉』又點呀？我係要玩嘢呀，吹呀！你以為我唔知呀，我喺度捞咗咁耐，呢啲時間嚟，慌唔係你哋踩咗屎搵火牛執手尾呀？」

「同你條L樣講都嘥X氣，利記，我哋揸車鏟入去！」

「你試下吖，我即刻報警！」

「我X你老母臭X，唔發火你真係當我流㗎喎！」車仔伸手入小窗，一把抓住燒豬劉的頭髮，硬生生拉他出來，再踢倒他。

「車仔，唔好咁啦！」我攔住車仔。

「郁X我！我依家就報警，你哋咪L走呀！」燒豬劉爬起，想掏出電話。

車仔推開我，一拳揮在燒豬劉面上，燒豬劉想從地上拾起磚頭還擊，但車仔的重拳又至，打得他跌坐地上，一時站不起來。車仔搶去他的電話，拋到遠處。「我警告你呀，再阻頭阻勢我殺咗你！」

車仔拉我上車。「利記，唔使理燒豬劉，開車。」

「車仔，你做乜咁衝動打燒豬劉呀？一陣佢報警點算呀？」

「我咁啱想搵人發洩，佢焫槼我算佢唔好彩。」

我從倒後鏡中看到淪落至此的燒豬劉，有點替他難過，也暗暗替同樣淪落為司機的自己難過。

到了火爐房外，聞到一陣陣蘋果木燒成炭的香味。

「火牛哥喺唔喺度呀？豆豆契爺叫我哋嚟㗎！」我在車上往火爐房大叫。

火爐房的門打開，一個頭頂半頹的老者出來。「我就係火牛，搬隻『豬』入嚟燒啦。」

我和車仔都明白「豬」是指屍體，便下車抬出流動冰箱。

「乜你哋咁遲嚟，我仲有下一單柯打，爽手啲。」火牛催促着引領我們入內。

到了地底爐旁，下面的火勢比燒豬猛烈十倍。

「掉隻『豬』落去啦。」火牛說。

我和車仔分別抓住歎叔的雙手雙腳，正要抛下去時，有人推開大門。

「有幾部車入緊嚟呀！」推門的是豆豆。

「又會咁快嘅？」火牛十分慌張，指向一旁堆疊至樓頂的數十塊卡板，「你哋擺返隻『豬』入去冰箱，搬去後面匿一匿先。」

我與車仔照火牛的話做，豆豆跟了過來，三人從卡板的縫隙向外窺看。

一個矮小的年青男人進來，全身散發黑道人物的殺氣。

「泰哥，咁早到嘅？」火牛問。

「趕住去同二叔公開會，咪快手啲囉。火牛，你幾好嘢吖，瞞住我收埋啲好嘢。」

這個矮小男人泰哥是二叔公派來的人？我與車仔不禁對視。

「我收埋啲嘢？」火牛下意識望一望我們，「我……我收埋啲乜嘢呀？」

「仲扮嘢？咩嚟㗎，」他指向我在泊門外的汽車，「買新車唔同我講？二叔公成日都話你幫到手，你想要咩嘢就同我講，我買畀你，俾二叔公知道又怪我辦事不力㗎喇。」

「我見到架車咁靚，忍唔到手買咗，唔好意思呀。」火牛編造藉口。

「二叔公問起你識點講啦。」

「識，我話我唔記得同你講，自己手快快買咗。」

「你應該話係我買畀你嘅，記住喇。點呀，個爐 ready 未？」

「一早 ready，又執行家法呀？」

「邊有咁多家法吖，係三個警察臥底。」

「咩話，差佬？咩咁大鑊呀？」火牛嚇得聲音提高。

「使乜咁驚呀，二叔公照住你使驚，」泰哥拍拍手，「搬入嚟啦。」

然後六個大漢二人一組各抬一個大型流動冰箱進來，那三個冰箱與我手中的小型冰箱外型一樣，應該都是從冰工廠買的。

六人非常熟練地把三具屍體扔入爐中，隨即烈火沖天。

泰哥把一捆鈔票交給火牛。「二叔公畀你同你班伙記嘅，不

過我扣起咗一皮，你知啦，我哋最近日日捉臥底咁辛苦，畀班兄弟飲茶灌水沖涼揼骨都好應該吖，你唔會詐我型嘛。」

「唔會。」火牛說得很勉強。

「你唔好同二叔公講呀，收唔收到？」

「收到，收到。」

「仲有呀，二叔公話殺差佬單嘢俾人知道咗，所有知情嘅人都有嫌疑，唔單只你同我都唔 L 掂，你老婆仔女姨媽姑姐都要一鑊熟，醒定啲呀。」

泰哥等人走後，火牛來到卡板後面，向我們說：「個爐最多燒到三隻『豬』，起碼燒成個鐘，不如你哋帶埋個冰箱上車出去兜陣圈先啦，費事泰哥返轉頭見到你哋。」

「泰哥究竟係咩人呀？」我說。

「二叔公嘅『孫』，唔得罪得，」火牛說，「俾佢知道你哋三個喺度，你哋實渣都冇！」

「孫」是黑道術語，意思是二叔公的「第三代」，即是手下的手下。

「但係我哋載住條屍喺出面兜圈唔係咁好喎。」我說。

「咁呀……辦公室後面有個凹位，你泊入去熄晒啲燈等我，搞掂先叫你出嚟。」

我開慢車跟隨火牛回到入口處，見燒豬劉在治理傷口。

「哎吔，阿劉，你做乜傷成咁呀？」火牛問燒豬劉。

「我俾車入面條L樣打成咁㗎！」

車仔氣沖沖下車，走向燒豬劉。「你先L樣呀，你阻L住晒我唔L打X你呀。」

火牛勸車仔：「我唔知你哋發生咗咩事，但係呢個時候唔好嘈喇，上返車先。」

車仔與燒豬劉怒目而視了好一會，車仔才回到車上。

我把車退入伸手不見五指的凹位，靜候火牛的通知。等待時，燒豬劉不時在不遠處踱步，視線有意無意投向我們。

「條L樣眼超超，真係火都嚟，再超就落車打多佢一鑊。」車仔沉吟。

「算啦，你都打到佢咁傷啦。」我說。

「呢啲咁嘅人唔打唔得㗎，公報私仇，如果唔係畀面火牛，我實打到佢入廠！」

「車仔，我喺骨場見過唔少呢類阿伯，」豆豆從後座探身上前座，注視燒豬劉，「開口埋口就講後生嘅時候有幾咁風光，又成日話依家啲後生唔及老一輩，一代不如一代，其實就係因為到老都一事無成，自卑變成自大，只要好聲好氣，畀少少尊重，咁佢哋就唔會咁躁底。」

英雄所見略同，我想。

「咁即係我唔啱呀？我使唔使同佢道歉呀？畀佢打返鑊好唔好呀？」

「我係話下次再對住呢類人我出面會好啲，我會圓滑啲。」

「好呀，下次等你出手囉，睇下你把口有幾勁。」車仔的語氣明顯是反話，他一直奉行多說無謂，暴力最實際。

我以前也有類似心態，如果暴力可以直接解決問題就不需要談判，特別是對待太太。

之後的幾分鐘，燒豬劉沒有再在我們視線範圍，車仔的怒氣才稍為平息。

車仔打開車門，我以為他忍不住又要打燒豬劉，原來他只是要去方便。他走進辦公室後方的廁所，出來後停下腳步，再跑向辦公室破門而入，大吵大鬧。

「車仔又搞乜呀？」豆豆有些不悅。

「唉，條友仔呢個時候仲搞事，我落車睇下。」

我進到辦公室，見車仔怒打燒豬劉。「你打畀邊個呀，講呀！」

「車仔，咩事呀？」我問。

「頭先我揸完水出嚟，隔住道門聽到燒豬劉同人講電話，好似話有『三條友見到你燒臥底條屍』。」

我抓住燒豬劉。「你同泰哥講咗我哋喺度？係咪呀！」

「你哋驚喇咩？」燒豬劉冷笑。

「咁你即係有講啦！車仔，我哋要即閃！」

「即刻開 L 咗個電閘！」車仔一拳打在燒豬劉的肚皮。

我望向牆上的按鈕，下面寫着「電閘」，按鈕中間有個匙孔。我怎樣按都按不下。「燒豬劉，鎖匙呢？」

燒豬劉一言不發，車仔找遍他全身上下都沒有發現電閘鑰匙，怒氣更盛，執起一張木椅狠狠打在他背脊，燒豬劉痛到倒地抽搐。

「再唔走我哋死梗，衝出去！」我說着和車仔跑回車上，未及向豆豆解釋來龍去脈就已踩油衝向電閘，可是電閘十分堅固，來來回回衝了十多次都只是微微變形。

「嘩，你哋做咩呀？」車後傳來火牛的驚呼。

我把頭伸出車窗。「火牛哥，燒豬劉同泰哥講咗我哋見到佢燒屍，你快啲開閘放我哋走！」

「吓，乜咁大鑊呀，今次畀阿劉累 L 死喇！」火牛拿出鑰匙跑入辦公室，不久電閘就打開，我高速把車駛出去，外面是一條打橫的道路。

「左定右？」我問。

豆豆說左，車仔說右。我猶疑一會，決定向左。

行駛了百多米都沒有遇到泰哥，還以為我與豆豆決定正確，但不到半分鐘便後悔了。另一條線一輛小型貨車正高速駛來。

「喺前面，咪L畀佢哋走，撞過去！」小型貨車上的泰哥指向我們。

「你哋坐穩呀！」我稍稍收油，扭盡軚盤，直到汽車U字型改變方向才踩盡油直去。

兩部高速行駛的汽車你追我逐，如野獸咆哮的引擎，劃破寂靜的黑夜。

我的汽車性能比較好，只要駛出大路，就能竄入鬧市的小街，擺脫泰哥，可是我的計劃不能實現。汽車忽然搖搖晃晃，還聽到車的後方傳出磨蹭的聲音，車速漸漸減慢。

「X街，爆胎呀！」我說，「可能係頭先喺地盤俾地下啲雜物整穿咗條胎。」

眼見小型貨車越來越近，我們越來越絕望。

「估唔到我哋會死喺呢度。」豆豆哭道。

「阿嫂，你把槍呢？」

「喺凳下面。」

車仔爬向後座，摸出手槍，放在豆豆手中。「睇你喇！」

「我⋯⋯我唔殺人㗎！」

「冇人叫你殺人，叫你一槍打爆佢哋條胎咋！」

豆豆反身跪在後座，雙手握槍，前臂擱在椅背，槍口對準後方。「架車開得咁快，我唔知瞄唔瞄得準㗎。」

「我會收油。」我説。

「阿嫂，準備好未？」車仔問豆豆。

「嗯！」

「利記，收少少油，我數三聲你就開後門！」車仔待我減慢車速便倒數。

「一！」

我雙眼交替看前方及倒後鏡。

「二！」

泰哥的小型貨車逼近十米。

「三！」

我按下按鈕，後車門向外翻起。

槍聲響起，子彈打中小型貨車的右邊倒後鏡。

「再嚟！」車仔說。

不過豆豆未及開槍，小型貨車上一人探身出車外，開槍還擊，幸好打了個空。豆豆和車仔早已蹲下，我趕緊關門，但門不知為何只關了一半就卡住。

「車仔，道門閂唔到，睇下後面咩情況。」我說。

「點睇呀大佬，」車仔不敢起來，「後面班友有槍㗎。」

「我知啦，一定係個流動冰箱跣咗出去，頂住道門，我揸快啲，你拉返個箱入嚟先啦。」

車仔趁我加快車速，馬上探身往車尾箱，一伸手便大叫：「Oh

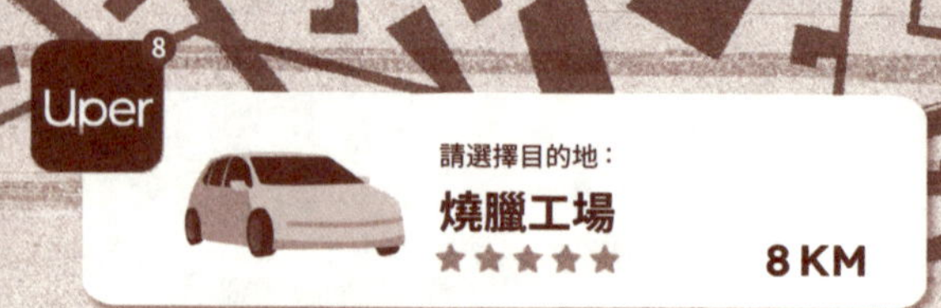

fuxk！」

「咩事呀？」我問。

「阿嫂，幫拖呀，我唔小心推前咗個箱呀。」車仔叫道。

豆豆立刻伸手，然後二人用力一拉，再向後一跌，手中便各執住一隻手。

是歎叔的雙手！他們把歎叔拉出流動冰箱！

歎叔明明在樹袋之中，他的雙手竟然伸了出來，令我想起不久前他本來平躺的屍體「自動」側身，莫非如豆豆所說：歎叔「屍變」？

只聽「砰」一聲，空無一物的流動冰箱滑出車外，墮地反彈，砸在小型貨車的擋風玻璃。小型貨車原地打轉，再失控衝出馬路，車頭斜插路旁的大溝渠。

待車仔與豆豆起來，我便告訴他們剛才電光火石間發生的事。

「唔L係呀，咁就收咗佢哋皮？」車仔不敢相信。

「佢哋架車至少有四個人，咁咪又殺多四個人，點解會咁

㗎？」豆豆幾乎要哭。

我也想哭，如果他們真的死了，就應驗了我起初「越來越多人因我而死」的讖言。

「頭先咁樣又加速又減速，條胎頂唔到好耐，」我向車仔說，「你打畀車房英，搵佢換胎，你好似話過間車房喺藍地，係咪呀？」

「依家仲換胎，不如搵個地方匿下先，一陣二叔公問起火牛，知道我哋見到泰哥燒屍，仲隊冧埋佢個『孫』，俾佢刮到死硬㗎！」

「咁咪搵車房英搞返掂條胎，順便問下佢有冇地方匿囉。」

網約車殺人事件

RIDE OR DIE

■ 9KM 車房

「喂，呢度荒山野嶺，野豬多過人，邊度有車房呀？」我根據車仔的指示，駛進一條山路。

「個地址係車房英 send 畀我，佢唔會老點啩，」車仔不斷查看網上地圖，「地圖見到呢頭得幾條舊村，X，條友係咪畀錯地址我呀？」

「你又話同佢好熟？」

「熟又點啫，平時見面都係出去打邊爐同飲嘢，點會去佢車房搵佢喎，就算係整車都唔搵佢啦，Dickson 都有話車房英出名食水深，friend 都冇價講，」車仔打電話給車房英，但對方沒有接，「條友唔聽我電話，慌唔係同條女扑緊嘢咩。」

汽車再在迂迴的山道兜轉一會，豆豆指向山坡下的一間村屋。「利記，係咪嗰間呀？」

我往下一看，才看到那間所謂車房，只是緊貼住一間村屋，用鐵皮僭建出來的簡陋小屋，門外掛着用手寫的白底紅字招牌「英記車房」。

「呢度咁山旮旯，不如匿喺車房，睇下車房英有冇辦法送你同豆豆去第二度避下風頭。」我說。

「不過要諗個咩藉口留低好呢？總唔可以講真相畀車房英知。」車仔説。

「利記，咁你呢？你唔跟我哋走呀？」豆豆問。

「我仲啲嘢要做，唔知要搞幾耐，搞掂會去會合你哋。」

「你係走得到至好呀。」豆豆十分擔憂。

「我應承你。」我得罪的是二叔公，根本沒有把握走得到，不過我不這樣説，豆豆一定不肯走。

我停下車，和車仔先搬出歎叔的屍體，打算找個隱閉地方收藏。山坡上種滿樹木，一棵樹旁邊放了化寶桶及幾袋金銀衣紙。

「咁多呢啲嘢嘅，唔知係咪啲乜乜寶誕呢？」車仔問，「定係有人死咗呀？」

「唔好理人咁多啦，」我望向下方三四米外，「嗰邊有個坑，掉條屍落去，再搵啲落葉冚住先。」

「啲人擺晒啲嘢係到，呢度咁斜，跣親人點算呢？」

「跣乜鬼吖，邊會有人咁戇 X 行咁斜嘅山坡呀？」

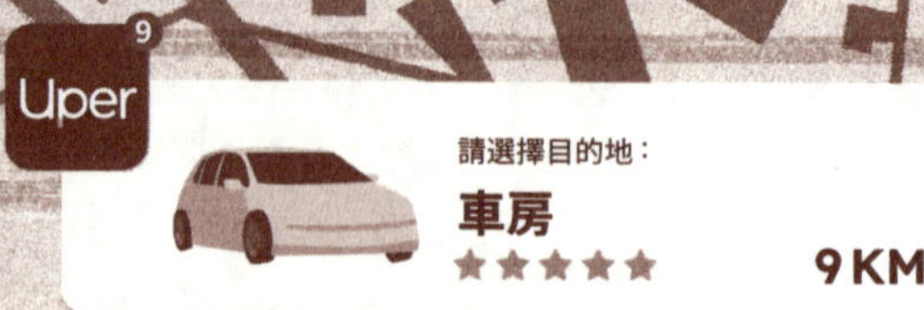

「咪我同你囉戇X仔——呀！」車仔不慎腳踩在其中一袋金銀衣紙，身體一側，連帶我和歎叔也一同滾下山坡，二人一屍撞翻下面的綠色大型垃圾收集箱才停下，垃圾散滿一地。山坡雖然陡峭，但幸好不算高，我和車仔都只是擦傷。

此時，一輛小型開斗貨車從山下駛來，我與車仔很有默契地把歎叔塞入垃圾收集箱再推起及蓋上。

「車仔，到咗嚀？」開斗貨車駛至，司機位上的中年男子向車仔說。

「車房英，呢個我個 friend 利記。頭先打過幾次畀你，你唔聽嘅？」

「我冇攞電話出嚟呀，叉緊電。你哋部車呢？」

「喺上面，」車仔指向山坡上面，「你呢度好難揾，咪落車揾囉。」

「搞咩呀，一地垃圾嘅？」

「唔知喎，我哋嚟到已經係咁。」

「可能係啲野豬野狗搲垃圾啩。你哋入去等吖，我泊好架車

入嚟，」車房英抬望我的汽車，向豆豆說，「靚女，揸架車落嚟入去車房吖。」

「利記，你上嚟揸返吖。」豆豆下車說。

「條匙冇拎到㗎，你揸啦。」我說。

由山坡滾下不用十秒，但汽車下來要在車道兜來兜去，至少要兩分鐘，我又爬不上去。我和車仔要爭取時間跟車房英談逃走的事，半分鐘都浪費不起。

豆豆提過，他家鄉馬來西亞地方極廣，不駕車出入十分不方便，所以當地人一到十八歲就考車牌，她的駕車經驗比我更豐富。

「咁好啦。」豆豆勉為其難坐上駕駛座，驅車前進。

車房英把車泊在一旁，從貨斗推下一個輪胎。「半夜三更先嚟換胎，我好辛苦先班到返嚟㗎，加錢都抵啦。」

「班條胎都揸架貨車去，使唔使咁誇呀。」車仔說。

「咁啱有個熟客話嚟整車，順便買埋啲零件，夜媽媽搵得我整，梗係好急啦，仲唔乘機鑿佢一大筆，呢次發喇！」貨斗上有一塊大帆布蓋住一些東西，應該就是那些零件。

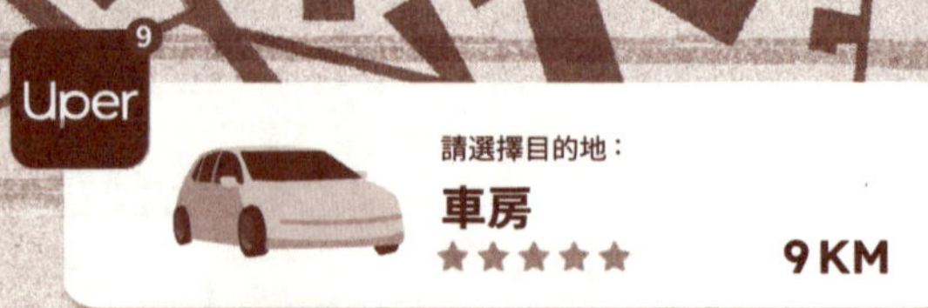

我們跟車房英入去車房，他放好輪胎便帶我們通過側門進入村屋，屋內陳設與一般家居無異。

「你哋坐下先，我出去等靚女部車，肚餓就上二樓搵嘢食，有杯麵、水、啤酒，食煙就上天台，唔好整臭間屋。」車房英說完就轉身出去。

「等陣先，」車仔拉住他，「我想離開香港幾日，有冇計？」

「一個鐘左右流浮山有隻船，有冇興趣？」車房英說得很輕鬆，也不問車仔逃亡原因，好像日常都做這種勾當。

「咁快有船？」

「你好彩喇，咁啱有人落船，每人十萬，你有幾多人呀？」

「兩個。」

「好，我通知船家，不過唔知佢肯唔肯接你哋，」車房英走過一邊，拿起正在充電的電話按了幾下，「WhatsApp 咗佢，等覆。」

「今晚成條街都係差佬，但係眨下眼又冇晒人，有冇收到風發生咩事呀？」車仔問車房英。

「好似話係通緝緊條女，佢之前幫二叔公間公司做數，好似叫……周家敏，二叔公夾埋澳門最近彈起嗰個馬交棟搞緊單大嘢，啲差佬可能覺得佢知道啲內幕嘢，不過周家敏魚毛嚟啫，可能想搵佢做污點證人啦，跟住又話有臥底同查到話二叔公約咗幾瓣人開會傾嘢。」

「咁即係話周家敏可能識馬交棟？」我問。

「何止識得呀，佢哋直頭搞埋一齊好耐啦。講多樣嘢你聽吖，馬交棟條友表面上同二叔公關係好好，其實就夾埋個兄弟落二叔公格，所以二叔公已經搵人做緊嘢㗎喇。」

「做緊咩嘢呀？」

車房英用手刀抹在自己脖子。「買起佢。」

「搵矮仔買起佢呀？」車仔問。

「矮仔？你話泰哥？你點識得佢㗎？」車房英呆了一呆。

「冇，聽返嚟啫。」

「喂，你唔好呃我喎，你係咪得罪泰哥所以要着草呀？」車房英大為緊張。

「其實我哋咁啱去搵火牛敍舊，我以前開餐廳，搵過佢攞過燒味，點知去到就撞到泰哥燒屍，我驚佢搵我尋仇咪走囉。」

「咁你X街喇，你知唔知佢哋燒嗰幾條屍係咩人嚟㗎？係差佬臥底呀！聽講仲有兩個臥底未搵到，如果佢哋走甩咗，泰哥一定入你數，你今次真係唔着草唔掂。」

「唉，我都唔知咁㗎。」車仔說。

「老實講吖，你話去搵火牛敍舊乜乜七七，我真係唔L信囉，邊有咁橋吖，不過點都好啦，你有難我實幫嘅，但係記得畀人捉到，唔好爆我有幫過你呀。」

「一定。」

車房傳來汽車聲，開門見豆豆正好下車，她面色十分蒼白，額上還冒着冷汗。

「豆豆，你冇嘢吖嘛？」我問。

「冇嘢，耐冇揸車，有啲唔慣啫。」

車仔取過豆豆的車匙。「你哋上去坐陣先，換好胎叫你哋。」

三人來到二樓，中間有一張破舊摺疊餐桌，旁邊有雪櫃及木櫃，櫃內有杯麵及餅乾。我打開雪櫃，拿了兩罐啤酒給他們，自己拿了一盒紙包檸檬茶。豆豆打開啤酒，狂灌了幾口，喝得太急咳了幾下，似乎在定驚。

「豆豆，你慢慢飲啦。」我說。

「阿嫂，你面青口唇白咁，唔多妥喎。」車仔說。

「我冇嘢，」豆豆搖頭，「真係冇嘢。」

一會，車仔上天台抽煙。

「利記，我有啲嘢冇同你講，其實我……好怕揸車㗎。」豆豆喝光最後一口啤酒。

「點解呀？」

「幾年前，我返馬來西亞探阿爸，揸車嗰陣有一男一女突然衝出馬路……其實我好鍾意趁夜晚同啲 friend 飛車，我嗰時一時興起又飛車……我煞唔切掣，撞死咗佢哋，後來阿爸靠關係冚住件事，之後警察就話係 hit and run 拉唔到人，我返嚟香港之後都唔敢再返去。唔好意思呀，我冇同你講呢件事，怕你睇我唔起。」

「冇嘢嗝，每人都有過去，我都有瞞住你我結咗婚……我唔同你講，可能係怕你唔會再見我。」

「其實你係咪都有啲鍾意我呀？」

「我諗係啩……」

「點都好啦，我諗我會返去馬來西亞，陪下阿爸，唔再返嚟。」

「車房英話有船送你同車仔走，但係冇話去邊，不過去邊都好，我之後會幫你搭路返馬拉。」

「你……」豆豆含着淚，「你之後係咪真係會嚟搵返我㗎。」

「嗯，我應承你。」

「阿嫂，」車仔急急跑下樓梯，「袋錢係咪喺架車度呀？」

「唉呀，我唔記得攞呀！」豆豆説。

「把槍呢？」

她反手伸入T恤，取出手槍。「攝咗喺褲頭。」

「咁我落去攞返袋錢先，」車仔剛想下樓梯，卻匆匆折返，「有個男人坐咗喺樓下。」

「會唔會係車房英頭先講嗰個熟客呀？」我說。

「係就最好啦，最驚係二叔公啲人。」

車仔打電話給車房英，想問那人是誰，但他沒有接，我們才想起他的電話在樓下充電。

「車房英，你電話響呀。」樓下的男人說。

車房英回到廳中，接過電話。

「車房英，我一陣問你嘢，你淨係答係同唔係，」車仔說，並示意我和豆豆貼近話筒一起聽，「下面條友係咪你講嗰個熟客呀？」

「係。」車房英回答。

「我係咪可以落嚟呀？」

「唔係。」

「佢係咪二叔公嘅人。」

「係。」

車仔不敢多說，馬上掛線，然後向我和豆豆說：「二叔公搵到嚟喇，點算呀？」

「睇定啲先，我哋聽下下面有咩動靜，有事就上天台避下。」我說。

「天台乜都冇，冇得避喎。」

「有冇得跳過去隔籬天台呀？」

「隔籬間屋好遠㗎，你當我關禮傑咩。」

樓下車房英問那男人：「野狼哥，你啲 friend 幾點到㗎？」

「唔知喎，打咗畀泰哥，佢話你呢度好難搵，佢哋部車又撞到咁，可能要多啲時間。」野狼說。

「咩原來係泰哥嚟整車呀？你冇同我講嘅。」

糟了，他說的泰哥一定是否那個矮男泰哥了，但慶幸的是泰

哥沒有死。

「你都冇問，做咩呀，唔做泰哥生意呀？」

「唔係，早知係泰哥，我去搵塊靚啲嘅擋風玻璃吖嘛。」

「總之你搞得好好睇睇就得。」

「放心，我會搞靚佢。係呢，點解泰哥叫你嚟嘅？」

「唔知喎，佢話同我有啲嘢傾。」

此時樓下傳來敲門聲。「喂，車房英，開門呀！」

「入嚟坐吖泰哥。」車房英說。

泰哥終於來了！

「車房英，開車房。」

「車房有車呀，泊住外面先啦。」車房英說。

「出面咁 L 多野狗，整花部車點算呀，開門啦。」

「得，我駛走部車先，等我一陣。」

「車房英，你駛完部車出去喺外面等陣先，我叫你先好入嚟。」泰哥說。

他說完不久，就聽到車房打開的聲音及引擎響起，車房英大概已駕了我的車到外面。

「泰哥，咩事呀？」野狼十分驚訝，「有事慢慢講，收埋把槍先！」

「企定呀，唔係一槍打爆你個頭，」泰哥喝令野狼，「你係咩人？」

接着是幾下槍聲。

「下面駁緊火，上天台避下！」我跟車仔說，抓住豆豆的手奔向樓梯，但走了兩步，一個持槍的男人已跑了上來，倒在地上，正好攔住我們的去路。他小腹中了一槍，鮮血淋漓。

「頭先樓下嗰個野狼呀！」車仔說。

一個男人從樓下上來，手中的槍對準野狼，野狼在地上打滾再順勢開槍，打那個男人的左胸，他悶哼一聲，滾下樓梯。

野狼按住傷口，撐起身體，推開一旁的窗口跳了下去。

「野狼跳咗出去，追！」樓下的泰哥發號施令，不消一秒室內平靜下來。

「啲人係咪走晒喇？」車仔問。

我探頭往下窺看，只見那個中槍的男人躺在地上，全無反應。「走晒喇，不如我哋落去，唔係佢哋返轉頭就冇命。」

我牽着豆豆，和車仔一步一步走下樓梯，我們不敢從正門出去，便推開通向車房的側門。車房空空如也。

忽然一下巨響響起，殿後的車仔停下腳步，左手按住右肩。

「二五仔，呢槍還L返畀你呀！」那個中槍的男人，用盡最後的一口氣開槍，可能是迷糊間認錯車仔是野狼。子彈擦過車仔的右肩，車仔雙腿一軟，搖搖欲墜，我連忙抱住他。

「你點呀？」我問。

「好L痛呀X，」他大腳甩開我的手，「快啲走。」

我按住他的傷口，扶他走向車房出口前，慢慢推門，我預計

會看到四部車，分別是屬於我、泰哥、車房英及野狼的車——野狼多半也是駕車來的，但外面只有我的車和泰哥的小型貨車。小型貨車的擋風玻璃已經碎裂。

野狼的車不在，可能他已開車逃走；車房英的車也不在，必是嚇得駕車遠離。

我的車已換好輪胎，車匙插在匙膽，車上沒有人。

「豆豆，唔好意思，又要麻煩你開車。」我說。

車仔痛得滿面汗珠，隨時倒地，我不得不扶住他。

「你睇下！」豆豆張口結舌，指向那個大型垃圾箱。

「點……點會咁㗎！」大型垃圾箱翻側了，歎叔的屍體躺在地上，「唔通畀野狗推跌咗？」

「野狗邊有咁大力呀？」車仔說，「扶我上車先，你去執返條屍上車，頭先開過槍，一陣一定會有差佬嚟。」

我先扶車仔上車，再抱起屍體放入車尾箱，然後豆豆開車。

「去邊呀？」駕車的豆豆呼吸沉重，一定是因為撞死人的陰

影，令她一坐上駕駛座就十分緊張。

「屯門醫院。」在後座的我說。

「傻L咗咩，架車有條屍喋。」車仔說。

「依家唔理得更多喇。你唔好講嘢喇，唔係，你繼續講，千祈唔好瞓着。豆豆，播《聖鬥士星矢》。」

瘋子 即管稱我瘋子
星光知道星矢　心中滿是堅持
懷着正義對天地 倦時亦披起戰衣
無懼是這鬥士

這是我和車仔兒時經常一起看的動畫片的主題曲，我們十分熟悉，他自然跟着唱，就這樣分了他的心才不至昏迷。隨着歌聲，汽車再次在曲折的山道行駛，我自問駕車經驗豐富，也不太記得路線，豆豆卻沒有絲毫猶豫，總能適時轉左或轉右，而且行車穩定，技術良好。

「阿嫂，你手車唔錯喎！」車仔驚嘆。

汽車差不多到了出大路的小路，前方有一輛汽車打橫攔住，駕駛座上是野狼──那車應該是他的。他身上滿是鮮血，已沒有知

覺，大概已被泰哥殺了。

豆豆正想繞過野狼的車繼續行駛，前方轉角卻駛出一輛小型開斗貨車，擋住去路。那是車房英的車，司機不是他，而是泰哥，車上還有他兩個手下。

開斗貨車往前衝，撞開野狼的車，向我們衝來。

「坐穩！」豆豆扭軚調頭狂飆，開斗貨車窮追不捨。

豆豆將汽車的性能發揮得淋漓盡致，在山道中左穿右插，多次以為輪胎太過貼近山邊會墮下，原來只是不想減速而「偷位」，反觀後面的開斗貨車體積較大，泰哥技術又不及豆豆，早已落後幾十個車位。

「豆豆，我記得再向前就係空地，三邊都係山，冇路走。」我提醒她。

「頭先經過嘅時候，我見到入去空地之前有條村，外圍有條路，應該出得返去。」豆豆很有自信。

果然如她所說，真的有那條路，路很狹窄，兩旁都是鐵絲網，鐵絲網外邊是樹林；路上有很多雜物，她被迫慢駛，但反而對泰哥有利，因為開斗貨車的重量可以輾碎障礙物向前，如履平地。

兩部車的距離再次拉近，而我們已沒有流動冰箱拋擲（就算有也阻不了龐大的開斗貨車），車上唯一懂開槍的豆豆又忙於駕車，道路又看不見盡頭。

「咁落去遲早畀泰哥追到，點算呀？」豆豆問。

「我都唔知點算，繼續行啦。」我本想安慰豆豆，但如此情況，我連自己也安慰不了。

我打開電話查看地圖，想找出路，可是這種鬼地方連訊號都沒有。

「右邊好似有條路！」車仔說。

我往右一看，那不是路，而是一處沒有鐵絲網的空隙，用一條膠帶攔住，旁邊掛着樹木管理組的「植樹進行中．不准進入」告示，另一端沒有樹木，只有一片土地。

「我諗我過到去！」豆豆減速，先以四十五度角將左邊車頭盡量插入空隙，然後後退一點，微微轉動軚盤。

開斗貨車還有不足十米就追到。

豆豆踩油，汽車撞斷膠帶進入植樹範圍，開斗貨車在千鈞一

髮間擦過車尾，只要慢半秒我們必定被撞到。

回身看開斗貨車車身太大進不來，泰哥對我們破口大罵，他的兩個手下跳出車，追了上來，但人的腿又怎快得過輪胎？一瞬間已被我們遠遠拋離。

過了數十米植樹地帶，來地一片沒有樹木的棕地。

「咁熟口面嘅？」我自言自語，一看到前方的斜坡頂部有一間公廁，就知道是我錯手殺死歎叔的地方，「係 Dickson 教我去明達小學嗰條路呀！」

原來我們不知不覺又回到元朗。這裡終於有訊號，我打開地圖查看。

「豆豆，嗰邊有條路可以出到去青山公路，我哋去博愛醫院。」我指向樹林向方向的一條路，盡頭的右邊通向青山公路，左邊往明達小學。

接下來的一分鐘十分平靜，除了賀老闆的奪命追魂 call。我哪有心情接她的旗，就把電話調成靜音。

「係喎，你咪喺夜冷舖買咗個帆布袋裝住啲染晒血嘅衫嘅，唔見咗嘅？」車仔問。

我前前後後找了一遍也找不到。「豆豆，你見唔見到呀？」

「唔見喎，」她說，「會唔會畀車房英攞咗呀？」

她這樣一說，我馬上打開歎叔的旅行袋。我鬆一口氣，那些錢還在，沒有被車房英取走。「可能去車房之前，搬歎叔落車嗰陣整跌咗啩，如果畀人執到就麻煩。」

「我啱咗一陣好似好啲，」車仔向我說，「陣間喺博愛醫院附近放低我得㗎喇，我自己行過去，如果你畀人拉咗，你啲重要嘢就處理唔到。」

我本想拒絕，但車仔中了槍，醫院的警察查問下去，我就脫不了身。怎麼辦呢？但接着發生的事，令我沒有時間思考。

汽車駛到路口，正要轉右出青山公路時，前方停了一輛小型開斗貨車，司機是泰哥。

泰哥露出令人心寒的冷笑，彷彿在說：「等你好耐喇！」

開斗貨車向我們直衝，任豆豆的駕駛技術再高超，都不可能原地調頭，只有後退。泰哥逐寸逼近，就如一頭雄獅撲向獵物，我的心臟隨着車速加快跳動。

「利記，後面有冇路走？」豆豆問。

「Dickson 話有條路可以出去，」我探頭出車外，「但係唔知幾遠。」

「見到有彎位就同我講，我要扭返正部車，好唔慣向後行，同埋揸唔慣自動波。」

很快就見到彎位，我向豆豆說：「仲有十米就到。」

她大喝一聲：「博一博啦！」

車頭忽然原地移了九十度角，對正彎位入口。豆豆竟然駕駛自動波汽車飄移，若非情況危急，我和車仔必定拍爛手掌！

豆豆一踩油，汽車流麗地直飆入彎位，笨重的開斗貨車則要「偷位」加減速才可以轉彎，就是這幾秒的差距，我們已拋離泰哥一大段路。

「阿嫂，你以前喺東望洋賽過車㗎？」車仔問。

東望洋全稱東望洋跑道，位於澳門，是澳門格蘭披治大賽車的賽道。

「冇，不過揸過棍波車同車友玩過飄移，自動波係第一次。」

汽車駛入通向明達小學的大路，兩旁的街燈正在維修，全部關掉，漆黑一片，只有沿路閃爍的工程燈。

豆豆望一望倒後鏡。「後面部車咁樣跟法，唔知跟到幾時。」

「一路向前行就係明達小學，今晚嗰度會有好多人，我諗去到泰哥唔敢亂嚟。」

「阿嫂手車咁頭文字 D，利記部車又咁勁，條友一時三刻都追唔到，最驚就係佢嗰兩個手下係前面截住我哋。」車仔說。

他話音剛落，遠方有兩輛小型貨車在另一邊行車線迎來，泰哥在後方大叫：「截 L 住我前面部車！」

兩輛小型貨車分別打橫攔住左右行車線，後方的開斗貨車也停下，把我的車困住。

「你把烏鴉口……」我白了車仔一眼。

「阿嫂，你仲有計㗎可？」車仔試探着問。

豆豆搖頭。「冇喇冇喇，今次死梗啦……」

她的話被一聲巨大的響咹聲完全蓋過，漆黑中兩道平行的黃光從兩輛小型貨車後方照來。我的車頭燈映照到，小型貨車後面原來有一輛五噸半貨車，車身印有網約貨車公司 GoVanGone 的標誌。

「死開呀，做乜 L 嘢攔住條路呀！」五噸半貨車司機向兩輛小型貨車說。

其中一輛小型貨車的司機下車，指向五噸半貨車司機大罵。「八婆，退 L 走你架車！」

五噸半貨車司機伸出頭，把叼在嘴角的香煙吐出，正要與他對罵時發現了我的車，她視線投向我，雙眼噴出怒火。「利耀文，咁都畀我撞到你，我話過見到你會慢慢同你玩，你咪 L 走呀！」

又是五噸半女神！

「你哋快 L 啲駛開部車，咪 L 阻 L 住呀！」五噸半女神向那男人說。

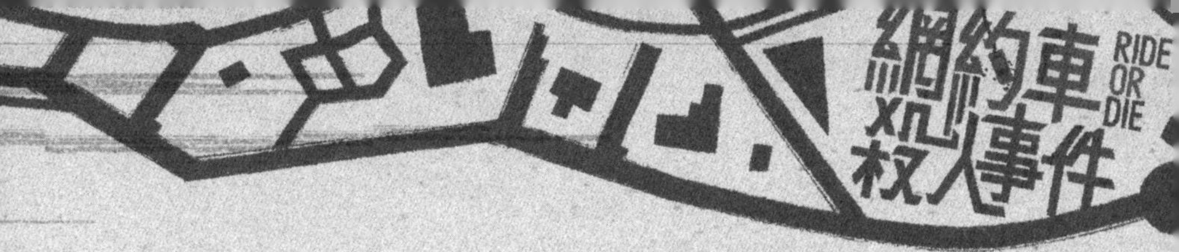

「我駛你老母呀，你好快L啲走呀，如果唔係女人都照打！」他上前大力拍打五噸半貨車車頭幾下。

這是他人生最後一次「動手」。五噸半貨車輾過他，再撞翻兩輛小型貨車，直衝過來。

如果開斗貨車是獅子，五噸半貨車就是大象。後面的泰哥明顯懾於她那「大象」的威勢，早已退車，但豆豆非但沒有後退，反而踩油向前。

「你做咩呀？你唔夠佢撞㗎！」車仔大驚。

豆豆繼續踩油。我們和五噸半女神距離不足四米，我已看清楚她身旁的人的確是周小姐。

眼見兩車快要對撼，豆豆急速扭軚，從五噸半貨車右邊擦過，五噸半貨車收掣不及，撞到開斗貨車才停下。

豆豆停車，不住喘氣。「好險呀，好彩扭得切軚。」

「阿嫂，下次玩到咁大講聲先吖嘛，嚇L死咩！」車仔面無血色，「頂，chok到個傷口好L痛。」

我嚇得心跳快要停止，想說豆豆幾句，但沒有說出口，因為

換着是我也會冒這個險。我們是叢林中的白兔，面對獅子及大象的前後夾擊，逃脫是唯一選擇。

「五噸半女神同泰哥係咪死咗呀？」豆豆透過倒後鏡看着相撞的兩部車。

「咁樣兜口兜面撞埋去，泰哥死X梗，五噸半女神就未必。」車仔説。

「X，泰哥未死呀！」我説。

泰哥推開已變形的車門，從車上跳出，向我們跑來，並拔出手槍，豆豆馬上開車走，一般來説人不及車快，但泰哥竟然搶先到了我們前方。

他動作這麼快，是因為他是飛越我們──剛才泰哥跑到一半，五噸半貨車正好調頭，再次衝向我們，泰哥便首當其衝被她撞飛。

豆豆小心翼翼地避過兩部翻側的小型貨車，疾駛向前，五噸半貨車則直接撞開障礙，追了上來。

我們一心去明達小學，以為會令泰哥有所忌憚，但五噸半女神似乎瘋了（應該是真的瘋了），不單不會退縮，反而連那兒的人都一一撞死。

我只是「搶」了周小姐，為甚麼要生氣到置我於死地呢？

不知道是這條路比想像中長，還是因為逃避追殺覺得時間特別慢，過了很久都到不了明達小學，直到感到刺骨的寒意，才便看到一百米外陰森的明達小學。

到了明達小學外圍，幾個男人從暗處跑出截停我們。

「係咪送嘢嚟㗎？」一個男人說。

「唔係呀，我哋咁啱經過。」我說。

「前面冇路行，快啲返轉頭。」

他沒有説他們是甚麼人，但感覺到絕非善男信女。

被他耽誤了十秒，五噸半女神已經追近。

「咦，五噸半女神做乜返轉頭呀？」另一個男人説。

原來五噸半女神剛才來過後折返，難怪我們會遇上她。

「豆豆，快啲開車走！」我催促她。

未等我說完豆豆就驅車直飛，但五噸半女神亦已經追至，車頭撞了我的車尾一下，我和車仔拋起再坐回座位。車仔的傷口不斷流血，痛得汗流滿面。

「再揸快啲，再拖車仔就頂唔住。」我向豆豆說。

「呢度好黑呀，睇唔清楚條路，我驚開太快會炒車呀！」

對了，五噸半女神也一樣不敢開太快。

「其實呢條路去邊㗎？」豆豆問我。

前方只有連地圖都沒有顯示座標的漆黑大道，我也不知道會去哪裡，萬一中途有工程，沒有去路，我們就只有死路一條。

我想過中途下車，引開五噸半女神，畢竟她的目標是我，但想清楚還是不能停車，因為一停下五噸半女神定會毫不考慮撞過來，害死豆豆及車仔。我也想過拿豆豆的槍射向貨車，但我沒有開過槍，就算有經驗，在如此高速下，連豆豆也沒有信心打中。

我打電話給 Dickson，問他明達小學向前去會到哪裡，他說是一條興建中的天橋。

「條天橋下面係咪有個地盤同一條大坑？」我問。

「聽個做地盤嘅客提過，嗰邊鋪緊電纜，所以有條大坑，」Dickson 回答，「你係咪想行嗰條路呀？」

果然是那個我們與馬交棟及肥烈搏鬥的地盤。「係呀，啱啱車咗個客去明達小學，諗住行嗰邊走。」

「嗰邊啲地爛晒喎，點解唔兜返轉頭呀？條橋未起好㗎，地下可能凹凹凸凸。」

「過咗橋之後去邊㗎？」

「天水圍嘉湖山莊，你仲有幾耐到呀？」

「唔知呀，半個鐘啩，咩事呀？」

「我啱啱喺流浮山海邊車緊個客出去明達小學，但係我聽日約咗女朋友去日本，想返屋企瞓下，養足精神，我送個客去嘉湖山莊先，麻煩你幫我接佢去明達小學。」

車上有屍體，我怎可以答應他？但想到車仔的情況，我就說：「冇問題，車仔同我一齊，一陣你幫我送佢去醫院先，佢唔係好舒服。」

「你自己唔送？佢咩事呀？」

「遲啲同你解釋。」

我打算把車仔交予 Dickson 後然後匆匆駕車走，他就算怪我也沒有辦法，唯有之後賠罪，我最擔心的是，如何找到空檔放下二人？

掛線後十分鐘左右到了天橋入口，經過時看到橋下燈火通明及有多部警車，應該是警察在調查林警長失蹤的事。下面有人在查看林警長的電單車，卻沒有看到車仔的汽車，莫非車已經被拖車拖走了？

我們過橋，五噸半貨車就一直跟隨，幸好豆豆駕駛技術超卓，沒有因為壓力而出意外，而天橋已經鋪好蠟青，不過未乾透，有點黏。

離開天橋不久，看到不遠處的嘉湖山莊，後面就是天水圍體育館，多數大型體育館旁邊都有露天停車場，而一般通道不夠讓大型貨車進入。我先通知 Dickson 到體育館會合，推説我找不到路，然後叫豆豆直駛體育館的停車場，五噸半貨車無奈只能在入口處停下。

我不怕五噸半女神下車對付我們，不在貨車上的她只是普通女子，我不會怕他，反過來她要怕我。我以為她會明白這一點而留在車上，她卻下了車，點起香煙走向我的車前。

「利耀文，係男人嘅就落車！」

「小姐，」我下車走到她面前，「你究竟想點呀！」

「你知唔知 Kaman 為咗你……」她熱淚盈眶。

「我唔知你同周小姐係咩關係，我亦都唔想知，我淨係想講，周小姐一直只係當你係朋友，佢離開你唔係為咗我，你明唔明呀？」

車仔也下了車，擋在我與她之間。「我仲以為咩事，爭女啫，有咩事咪四四六六拆掂佢囉，使唔使追我哋九條街呀？使唔使攞命呀？你係咪 short L 咗呀？你個腦有事就去睇醫生啦！」

「睇咩醫生呀，個個都話我黐線，佢哋先黐線呀！佢哋先黐線呀！」

五噸半女神想繞過車仔到我面前，但被車仔攤開手阻止。「夠喇，我已經好 L 煩㗎喇，你再搞事唔好怪我打女人呀！」

「唔關你事，行開！」

「我係唔行開呀，咬我呀，」車仔輕輕推她一下，「我單手都打贏你啦！」

五噸半女神伸手入斜孭袋取出士巴拿，迅雷不及掩耳跳起打在車仔的頭頂，我慢了半秒才弄明白是甚麼一回事，她想想用士巴拿橫掃他的太陽穴，我便一拳揮向五噸半女神，她個子小，十分靈活，一躍向後避開，再猱身而上用士巴拿打向我面門。我一手抓住士巴拿，她用力想奪回，我故意大力一甩，甩她一個踉蹌，跪在地上，遲遲站不起來。

豆豆見狀下車跑來，我叫她看車仔傷勢。車仔躺在地上，頭破血流。

「車仔暈咗呀，會唔會死㗎？」豆豆擔憂地說。

「你點解要打我個朋友！」我向五噸半女神怒吼，高舉士巴拿，「信唔信我打死你！」

這個畫面勾起我打太太的回憶，我也向她說過：「信唔信我打死你」。

五噸半女神十分痛苦地掩住肩頭，似乎是脫了骹。「打吖，打死我吖！你依家唔殺死我，我遲早殺死你！」

就在我們不為意時，有三個男人步入停車場，帶頭的人剪了個平頭，皮膚黝黑，西裝筆挺，年約三十。

「果然冇介紹錯，部車幾正喎，」平頭男人摸摸我的車，滿意地笑了幾聲，「邊位係利生呀？Dickson 叫我嚟搵利生㗎，佢話有啲緊要嘢做要走先，預備咗部靚車接我。」

「我就係，」我回答時瞥向五噸半女神，防範她偷襲，「Dickson 呢？」

「佢話兜過嚟要五分鐘，我等唔切咪行過嚟先囉。」

「我朋友受咗傷，我想送佢去醫院先，我車唔到你呀，唔好意思。」

「哎呀，乜傷成咁呀？」平頭男人望向車仔，皺一皺眉，「師傅話我今日有血光之災，唔好嚟香港，好彩有呢條友幫我頂咗，你朋友真係傷得及時呀。」

他竟然說出這麼涼薄的話，我心中有氣，但又不便發作。「先生，我幫你叫另一部車吖。」

「我大佬話要上你部車呀，聽唔聽到呀，」平頭男人的手下說，「上車啦！」

「唔走得！」五噸半女神站起，走到我面前。

「靚女，我哋趕時間，你哋有啲咩私人恩怨，遲啲先處理啦，好唔好？」平頭男人平心靜氣地說。

五噸半女神沒有理會他，不斷單手向我身體揮拳，但我肌肉厚實，一點都不痛。

那手下推開她。「八婆，夠喇，唔好阻住哂！」

「阻你老母呀！依家係你哋阻住我呀！」

那手下拔出手槍，對住五噸半女神的面龐，然後把槍口移過一點開槍，子彈在她面頰不到三吋擦過，嚇得她花容失色，呆了半晌才退開幾步。

我和豆豆也驚恐得說不出話來，我暗忖：為甚麼他會帶槍出街？他們到底是甚麼人呢？

「仲唔走，係咪想塊面開個窿呀！」那手下再用手槍指住五噸半女神。

「斯文啲，唔好嚇親人，」平頭男人向手下笑說，又向五噸半女神道，「停車場出面部車係咪你㗎，係就麻煩你駛走佢啦，唔好阻住我哋出車。」

五嘛半女神這才定過神來，想搶回士巴拿，但我用力擲到老遠。她向我怒吼一聲，悻悻然離開停車場，駕車離去。

「利生，我哋行喇。」平頭男人彬彬有禮地説，用眼神示意手下收起手槍。

他們有槍，我想拒絕也不行。

我打算和豆豆一同扶車仔上車，平頭男人拍我肩膀。「利生，你朋友流咁多血，會整污糟架車，放佢喺度得啦。」

「豆豆，你留低，搵個公共電話打 999。」我叫她留下的目的是不想她有危險，而且平頭男人明顯絕非好人，不是劫匪就是殺手。

「靚女，你都一齊上車，」平頭男人向豆豆説，「同埋唔好打三條九呀，你知啦，我哋有槍，唔係咁想見到警察。」

我無奈之下打電話給 Dickson，説車仔情況不樂觀，叫他盡快來送車仔去醫院。

網約車殺人事件

RIDE OR DIE

11KM 停車場 

我坐回駕駛座，豆豆坐在身旁，三個男人上了後座。

平頭男人上車時看到座位上的殘舊旅行袋，便隨手拋在地上，踢入座位下。

前往明達小學時平頭男人說：「兩位唔使擔心，怕出門有危險先帶槍啫，我哋唔係壞人。」

我見豆豆有意無意隔着 T 恤摸摸小腹，那兒是她穿的短褲褲頭，插住林警長的手槍。她大概在提防後面的三人。

差不多重回那條在元朗公園附近的湖邊小徑，平頭男人向我說：「利生，有冇火呀？」

「我唔食煙㗎。」火機在車仔身上。想起他，我不禁戚戚然起來。

他叫我在路旁停下，剛才拔槍的那個手下下車進入便利店買打火機。

我叫 Dickson 送車仔到醫院後馬上打電話給我，但一直沒有來電，我打給他又沒有人接聽。

「你同人送貨㗎？」他望向車尾箱裝住歎叔的樹袋。

「間中啦。」

「揸部咁靚嘅車送貨，嗰啲嘢，不過環境唔好，咩都要捞下，我遲啲都會搞網約車生意，你有冇興趣過嚟幫我手呀？」

除了二叔公，又有人想開網約車公司？想不到網約車這麼有市場。

「我考慮下。」我隨口回應。

平頭男人給我卡片，上面沒有姓名，只有公司名字，是一間澳門企業。

等了一會，那手下都沒有出來，我和平頭男人望入便利店，原來他被兩個胸口掛住證件的人截住，搜出他身上的槍。

我認得其中一個是郭警長。他發現我們望過去，便推開便利店的門打量我的車。

「乜又係你呀？」郭警長說，「裡面個男人係咪你朋友呀？」

平頭男人拍一拍我的肩膀。「差佬呀，開車！」

我踩油直駛，從倒後鏡看到郭警長一邊追上，一邊打電話。

「我哋黃咗，唔好去明達小學。」平頭男人告訴我一個附近的地點，是我幾小時前去過那個避開警察路障的多層停車場。

到了目的地，我又遇到那幾個穿警衛制服的年青人，他們迎上，用手勢叫我停車。

「冇車位喇。」一人說。

「係我呀，開閘啦。」平頭男人說。

「唔好意思呀，原來係華哥，我即刻叫人駛開三樓部車。」那人開了閘，並向對講機說了幾句。

平頭男人叫我上三樓。

「你識得嗰啲警衛㗎？」我問平頭男人。

「佢哋係我啲人，出得嚟香港搞生意，梗係要做足準備啦。」他笑說。

汽車停在三樓的空位後，他叫我、豆豆和手下下車，走向已停用的電錶房。

他拿出鑰匙開門。「啲差佬一定周圍刮緊我哋，入去避下

先。」

我和豆豆進入電錶房前，不約而同被一個車位上的車吸引住目光。那是車仔的車。

平頭男人一開燈，我和豆豆被一個坐在角落地上的男人嚇了一跳，一來是沒有預計有人在內，二來是因為他是我們的死敵！

「馬交棟，乜你都喺度呀？」平頭男人十分驚訝。

馬交棟一定是駕車仔的車來的。

「濠江華，你唔係去搵二叔公開會咩，做乜嚟呢度呀？」馬交棟面色蒼白，渾身無力，似是隨時會暈倒。

原來平頭男人就是濠江華。

「遇到啲麻煩嘢啫，」濠江華按了幾下電話，才望向馬交棟左肩纏着的繃帶，「搞咩呀，咁唔小心呀？」

「中槍呀，」馬交棟望向豆豆，「係佢開槍㗎。」

「哦，你打傷佢㗎？」濠江華問豆豆，「乜咁大仇口呀？」

豆豆不敢回答。

「我仲以為佢哋兩個係你啲人。」馬交棟説。

「呢位利生係 Uper 司機，本來車我去明達小學。」

「唔好話我唔提醒你呀，條女槍法好準，一陣你死咗都唔知咩事呀。」

「靚女，槍呢啲嘢唔啱你玩㗎，攞出嚟啦。」濠江華向豆豆説，他手下拔槍指向她。

豆豆交出手槍，濠江華退出子彈，把槍拋向一旁。

「既然今晚咁啱見到你，」濠江華蹲在馬交棟前面，「你有冇嘢又咁啱想同我講呀？」

「冇嘢想同你講！」

「一場兄弟，你唔係仲嬲呀？」

「二叔公條數分明係你落格㗎啦，你同二叔公話係我做，咁叫兄弟咩！」

「乜你賴返我轉頭呀？區區嗰二百萬，話係我攞咗都冇人信啦，係你咁窮先會貪嘅啫。」

「你信唔信都好，總之唔係我做。」

「唔係你唔通係歎叔咩。」濠江華遂問。

「有乜咁出奇呀？」

「佢份人係點你同我都好清楚，佢擔屎唔偷食，如果唔係二叔公點會放心畀佢 keep 住私煙同太空油筆數呀？我哋唔講呢筆住，周家敏係你條女，佢係公司會計，盤數最有機會係佢攞走嘅，唔知關唔關你事呢？」

「唔使轉彎抹角，係我叫佢偷嘅，我唔搵啲嘢威脅二叔公，畀佢捉到我點甩身呀？」

「咁啲嘢呢？」

「我同家敏講放喺身邊唔安全，叫佢收埋喺裡面，」馬交棟指着牆上的電錶箱，「我諗住嚟香港攞，點知冇咗，係得家敏、我、你同歎叔先有電錶房鎖匙。」

「咁你即係話歎叔偷咗啦。」

「唔係佢仲有邊個呀？我嚟呢度唔見咗啲嘢，去佢間舖又搵唔到佢，」馬交棟望向我，「佢個伙記話佢上咗呢條友架車。」

「利生，有冇咁嘅事呀？」濠江華問我。

「有，不過佢中途落咗車。」我說。

「佢原本去邊度呀？」

「明達小學。」

「明達小學……」濠江華思考一會，「唔通佢去搵二叔公？」

「佢講你又信呀？」馬交棟冷笑一下，「定係你同呢個 Uper 佬夾埋歎叔過我一戙呀？」

「我點會咁對你呀？」

「點會咁對我？講好咗一齊搞網約車，點知你就屈我穿櫃筒底，搞到二叔公唔信我，然後你就獨吞，」馬交棟看一看肩頭的傷口，「哼，我依家傷成咁，你仲唔快啲捉我去二叔公度領功，仲等咩呀！」

「其實領功都唔使一定出賣兄弟嘅，我係針同我講，差佬已

經知道周家敏偷咗公司盤數，依家周圍咁刮緊佢，想告佢洗黑錢，佢畀人拉到實爆二叔公出嚟，你交周家敏畀我，我咪帶埋你走囉，我頭先搭船偷渡過嚟，架船仲喺流浮山。」

「你以為我仲會信你咩？就算我信你，我都唔會交家敏畀二叔公，更何況我唔知佢去咗邊。佢早幾日話有啲嘢做嚟香港，我又咁啱唔喺澳門，咪諗住今日過嚟會合佢，點知嚟到之後打極電話都搵佢唔到。」

「你知唔知我點解要偷渡過嚟呀？因為有呢樣嘢，」濠江華撥開西裝外套，露出腰間的手槍，「因為我已經分唔到邊個係自己人，邊個係差佬嘅臥底，所以帶埋嚟保護自己，同埋有把槍喺手，就冇人敢喺我面前講大話啦。」

「我講大話？X！我講乜你都唔L信嘌啦，唔好咁L多廢話喇，」馬交棟指住自己額頭，「開槍啦，唔好手震呀！」

「我都好耐冇開槍，」濠江華拔出曲尺手槍，在空中虛晃幾下，「真係會手震嘌。」

他的手停下，但槍口不是指住馬交棟的額頭，而是壓住他的傷口，痛得馬交棟不住呻吟。

「如果喺你個傷口開多一槍，再打斷埋你對腳，你話會點

呢？」濠江華再用力按壓，鮮血染滿繃帶。

豆豆不忍心看下去，掩住雙眼。

「你要殺就殺，X 你老母！」

「你一日未講真話，我又點捨得殺你呀，」濠江華將子彈上膛，食指放在扳機，「三……二……」

「唔好開槍呀，我講喇我講喇，你拎開把槍先啦，」馬交棟望向我們，「你叫其他人出去先，我淨係同你一個講。」

「唔得，你知你幾蠱惑㗎啦，容乜易你偷……」濠江華的「襲」字還沒有說出，只是悶哼幾聲就往後倒下，全身抽搐，肚皮染滿鮮血。只見馬交棟的左手已經執住蝴蝶刀，右手握住濠江華的槍。

隨着一下槍聲，濠江華手下額頭已多了一個槍孔，當場死亡。

我抱着豆豆退到角落，以為馬交棟會向我們開槍，但他只是扶着牆站起，用槍指向奄奄一息的濠江華。

「馬交棟，你走唔甩㗎喇，頭先我一見到你就偷偷地 WhatsApp 咗畀二叔公個『孫』泰哥，佢已經嚟緊。」倒在血泊

中的濠江華說。

通知泰哥也沒有用，他已被五噸半女神撞死。

「打畀船家，話我要上船。」馬交棟說。

「好，我打畀船家，但係求下你唔好殺我。」

「好，我應承你。」

濠江華打電話給船家。

馬交棟跟我說：「你車我去流浮山碼頭，開門。」

我和豆豆走在馬交棟前面，離開電錶房後，聽到背後傳來一下槍聲。

不用說，那一槍是射向濠江華。

馬交棟叫豆豆坐在後座，我坐上駕駛座。他坐我旁邊，用槍指住我的腰。「開車，唔好行大街。」

網約車

RIDE OR DIE

殺人事件

▪ 12KM 分岔路 

汽車回到天水圍，我沒有駛入流浮山道，而是轉入村屋旁邊的僻靜小路，但不是因為聽馬交棟的話。

「馬交棟，畀後面個女仔落車先。」我說。

「驚我到咗碼頭會隊冧你哋呀？」馬交棟看看豆豆，「我份人好均真，佢隊我一槍，我最多都係隊返佢一槍。不過算喇，我死唔去算執返身彩，你送到我去碼頭當無數。」

「我係想問你啲嘢……一陣唔知會發生咩事，豆豆無辜嘅。」

「你想玩咩呀？」

我停下車，拔出車匙，伸出車外，作勢要拋入旁邊的小河。「畀豆豆落車。」

馬交棟用槍指住我的額頭。「即刻開車！」

「開槍吖！我預咗同你一鑊熟嘿喇！」

「利記呀，你做咩呀！」豆豆十分驚慌。

「豆豆，落車！」我打開後座車門。

「好，」馬交棟收起槍，「我就睇下你搞乜。」

豆豆猶疑是否下車，我便轉身非常粗暴地推她下去，然後關門及開車。

「點呀，你咪有嘢問嘅，問啦。」馬交棟説。

「周家敏真係你女朋友？」

「關你 L 事呀？」

「佢係我老婆！」

周家敏是我太太，亦是警察要找的那個 Chow Ka Man、車仔口中的舊阿嫂，以及車房英及濠江華所説的公司會計。香港人都習慣就着英文拼音 Ka Man 為自己起英文名 Kaman，但太太不喜歡這樣，覺得太庸俗，更不想埋沒名字中「有家教」及「聰敏」的含意，那是外父對她的期望。

而農莊主人周小姐的名字英文拼音沒有 Ka 也沒有 Man，純粹是因為喜歡土耳其一地而改名為 Kaman。

「你就係利耀文？」

「原來佢有喺你面前提過我，佢一定講我壞話啦。」

「唔係，佢話你係全世界最好嘅男人，」馬交棟的眼神閃過一絲妒忌，「不過我覺得佢講大話，佢一提起你就眼濕濕，我問佢咩事佢都唔肯講，我問咗好多次先話你成日打佢，仲……」

我打斷他。「兩年前嘅今晚，你係咪去過我屋企樓下搵我老婆？」

「係又點呀？佢最需要你嘅時候你去咗邊吖？」他十分激動，「佢一個咁好嘅女仔，你點解要嘅對佢呀！」

「咁你就要搶走我老婆㗎嘞，吓！」我更激動。

「我冇！係佢離開你之後我哋先一齊。」

「你仲唔認！」

「認乜L嘢呀！你唔L信就咪L問！」

「就係因為你，我個女死咗！」

「你個女死咗關我L事呀？」

「我俾多次機會你，點解你叫知家敏有老公仲要搞佢！點解呀！」」我加快車速。

「開咁快做乜L嘢呀，你以為我驚呀，」他依然十分冷靜，「我喺東望洋賽過車㗎！班鬼佬都唔夠我嚟呀，夠膽你就開快啲！」

我踩盡油門，放開雙手，轉頭望向他。

前方不足一百米就是彎位，盡頭是一座小小的廟宇，以此時的車速，不用十秒就會撞上。

「你癲㗎！停車呀！再唔停車我就開槍！停車呀！我叫你停車呀！」馬交棟用槍指住我的額頭。

我抓住手槍，穩住他的手。「開槍呀！我預咗同你一齊死㗎喇！」

我要送馬交棟去見我女兒，親口向她道歉！

「你都黐L線㗎！」

他嚇得放開手槍，解開安全帶，正要開門跳車，我才忽然清醒過來：我還要找我太太！

汽車差不多要撞上廟宇，我連忙扭軚及煞車，車身打橫滑了一米多才停下。

我驚魂甫定，接着的巨響令我再次心驚肉跳。

離我已經不到一個車位的廟宇正門被撞開，在廟內掩映的燭光下，對着門的牆壁上貼着一個人形物體。是馬交棟。

他被拋出車外，直飛廟宇之內。

我拋下手槍，下車進去察看，見他已經四肢折斷，血肉模糊。

他雙唇微微顫動。「利耀文，係你呀……係你殺死……」

他話未説完便斷了氣，雙眼睜得極大。

「咩事咁嘈呀……」廟宇四周傳來幾個人的叫聲，我馬上返回汽車，回頭去找豆豆。

行駛了不到三分鐘，便見豆豆沿住馬路跑來，我下車迎上她，她急不及待抱住我哭訴：「你話過唔會掉低我㗎！」

「對唔住，」我向豆豆道歉，「我頭先太過衝動，依家冇事喇。」

這句話有兩個意思，第一，我和豆豆不會再被馬交棟威脅；第二，剛才重遇太太時，她說過要留下就要有二百萬，因為她男朋友被冤枉虧空公司二百萬，但「還」不起，只好跟他離開香港及澳門。

馬交棟已經死了，她就不用再選擇他，自然會留下。

可是我轉念又想，事情還未結束。為何她會以為還了錢就可以留下？公司帳目是太太偷的，二叔公也不會放過她！莫非馬交棟隱瞞她偷公司帳目是另有目的，而非用來威脅二叔公，又可能她根本不知道所偷的是甚麼呢？

她更加不知道，警方正在通緝她。

「馬交棟去咗邊呀？」豆豆問。

我把剛才發生的意外告訴她。「等我搞掂埋歎叔條屍就送你去你朋友度避下先，我有啲嘢要處理，搞掂會去搵你。」

「你諗住掉條屍去邊呀？」

「我都唔知。」

突然豆豆失聲驚呼，指向我身後。我回身一看，也嚇得大叫。

「文仔，你同埋你女朋友過嚟！」說話的人握着馬交棟遺下的曲尺手槍，從汽車一步步走近我們。

歎叔他竟然未死！

網約車殺人事件
RIDE OR DIE
267

網約車殺人事件

RIDE OR DIE

■ 13KM 終點

「你唔係死……」我和豆豆退了幾步。

「死？邊死得咁易呀，上車先講，我好趕時間呀！」歎叔依舊中氣十足。

待我與豆豆坐上前座，歎叔才上後座。他指向錶板上的電話。「攞返部電話畀我。」

我給他電話。「去邊呀？」

「咪明達小學囉，開車啦，」他看看電話，「大鑊，原來我暈咗幾個鐘。」

我開車時，他一邊找出椅下的旅行袋，一邊打電話。

「做乜泰哥唔聽我電話㗎？」歎叔自言自語，顯得極度焦急，「文仔，開快啲啦。」

我還擔心他醒後會報我「殺」他之仇，他卻好像一切都沒有發生過。

我稍為加快速度。「我以為你死咗，點解你會冇事嘅？」

「你唔記得嗱，我哋第一次喺伊利沙伯醫院見面，我咪好人

好姐嘅，其實我嗰次死過返生。我打仗嗰時個頭中過槍，點知命大死唔去，不過之後就手尾長喇。我細細個就有哮喘，一發作唔單只條氣唔順，個頭仲痛到裂開，試過好多次冇晒知覺，仲隱隱約約見到我死鬼老豆老母嚟接我走，我以為我玩完啦，之後又唔知點解醒返。跟住有段日子無事無幹，仲結婚生仔抱埋孫，我以為個天放生我，點知之從個仔同家嫂喺馬拉畀人車死咗，我唔知係激動得滯定點，又開始返『假死』。醫生同我解釋過點解我會咁，不過我就唔係好明佢講乜，」

「咁即係話頭先你係假死？」

「係啩，我都唔知。我記得我中間醒過幾次，但係又暈過。」

所以他轉身及從垃圾箱倒出來不是屍變。

「對唔住呀，我頭先為咗啲錢又搞到你暈咗。」

「冇嘢喎文仔，如果我嬲你，頭先就一槍打死你啦，」他把槍扔出車外，「係我衰先嘅，話咗畀二百萬你又反口，仲要打到你咁傷，換轉係我都會還手啦。」

「點解你會拎住咁多錢出街嘅？」

「唉，本來唔想同你講嘅，不過既然畀你見到啲錢……你知

唔知邊個係馬交棟同二叔公呀？」

「我知。」經歷了今晚，想不知道二人是誰都不太可能了。

「二叔公表面上做正當生意，實質做埋啲犯法嘢。我識阿棟個老豆好多年，近年阿棟想喺香港搞啲『買賣』，知道我有啲背景，同埋後生時同二叔公打過工，就搵我幫佢喺香港搞關係，後來仲叫我同佢個兄弟濠江華合作做啲唔見得光嘅嘢，之後我哋埋咗二叔公堆，阿棟仲追咗二叔公澳門分公司個會計……」

「個會計係我老婆。」

「家敏係你老婆？」歎叔十分驚訝。

「真係講都冇人信，」我苦笑一下，「跟住點呀？」

「跟住有人查到公司唔見咗二百萬，懷疑係阿棟夾埋家敏食公司夾棍，但其實啲錢係我偷嘅。」

馬交棟沒有猜錯，真是歎叔做的。「點解家敏要幫你呀？」

「家敏好好人，知道妹頭冇咗老豆老母，一返嚟香港就帶佢周圍玩，又送銀包畀佢，當正妹頭係佢個女咁，」歎叔的孫女暱稱妹頭，真名黃凱臻，讀四年班，曾經送我一罐汽水，而我用這

罐汽水打過她爺爺歎叔，「有一次我同家敏講，我呢排成日頭痛，感覺到自己唔擺得幾耐，叫佢做下好心，等我死咗之後幫我照顧妹頭，但係佢話佢同馬交棟嘅生活都係搖搖緊。」

「跟住佢就幫你偷公司啲錢？佢點會咁做呀，佢都唔係咁嘅人！」

「你聽我講先，佢冇偷錢，只係佢有一次發現咗公司有條二百萬嘅數有啲唔妥，後尾先知係二叔公利用正當公司嘅名義嚟洗乾淨呢筆𡃁嚫數。佢份人好單純，一直都以為佢幫二叔公計嘅數都係乾淨錢，點知條數『有黑有白』，發現咗就諗住辭職。但我叫佢唔好咁做，叫佢做靚條數，呃住二叔公一頭半個月，我就利用呢二百萬暗中同另一間公司夾份走私，估計兩個星期左右就賺啲錢再錢滾錢，之後再填返公司條數。點知畀二叔公識穿咗，查下查下就懷疑係我叫佢咁做，所以就叫我嘔返保管住嗰八百零萬嘅私煙同太空油條數。」

「兩條數加加埋埋有成千萬，就係呢度啲錢，」歎叔舉起旅行袋，「我暈咗咁耐，你冇郁過啲錢吖嘛？」

我搖搖頭。「所以你依家就去還返啲錢畀佢呀？」

「嗯，仲有攞返公司嘅『數簿』畀佢，我一直擺喺褲袋，」歎叔伸手從後座把一張記憶卡放到我面前，「二叔公覺得係家敏

偷嘅，而主使嘅人一定係阿棟，但佢發散人都搵唔到佢哋。二叔公知道我同阿棟有偈傾，就叫我無論如何要攞返張卡，否則就殺咗妹頭。」

我吃了一驚。

「二叔公個『孫』泰哥捉咗妹頭威脅我，所以你頭先想搶我啲錢，我先咁激動。」

「但係你去搵二叔公，佢一定唔會放過你㗎！」

「我死冇乜所謂吖，最緊要妹頭冇事。」

我把遇上馬交棟、肥烈、林警長、泰哥及濠江華等人，以及馬交棟間接害死我女兒的事簡單說了一次，也交代了我與豆豆錯綜複雜的關係。

歎叔得知馬交棟的死訊，深深嘆了一聲。「佢本質唔壞，只係信錯咗濠江華呢個所謂由細玩大嘅兄弟先走去撈偏。佢夠狠夠博，好快彈起，個個就跟紅頂白，棟哥前棟哥後。後生仔就又點會唔飄飄然吖，成日都鬼死咁豪氣請班兄弟飲茶灌水，佢又好有義氣，兄弟有難第一個掟錢出嚟，我唔掂嗰陣都幫過我好多次，總之賺埋啲錢左手嚟右手去，搞到搵個錢刮痧都冇，先會諗盡辦法想埋二叔公身食大茶飯。我勸過佢唔好黐埋去㗎，但係佢又點

會聽吖。二叔公呢啲老狐狸，溶咗佢都未知呀。」

「我真係冇心殺佢㗎。」我雖然恨馬交棟入骨，但也不免為殺了歎叔的世侄感到歉疚。

「算喇，阿棟搶你老婆又間接害死你個女，點講都係佢唔啱在先。唉，死生有命，富貴在天，一個人食幾多着幾多整定嘅。」

說着說着我們到了往明達小學的路，經過泰哥被撞的現場時，那開斗貨車及兩部小型貨車已經不在。

「可能係二叔公啲人移走咗啲車，」歎叔說，「你喺度放低我得㗎喇，你唔好車我去，我覺得有啲唔妥。」

距離明達小學還有很長的路，我不忍心他走那麼遠，拒絕了他，但他強行打開車門，我只好停車。「文仔，同你女朋友返去啦，如果我死唔去，我會籌二百萬畀你。」

到了這個地步，那二百萬對我來說已經沒有意義，儘管還「有意義」，太太一心以為交還二百萬就可以洗脫馬交棟的嫌疑？就正如歎叔所說，她太過單純。

白點說其實是太天真。

多次原諒我這個家暴者，更是天真得無藥可救。

突然，有四部汽車從後駛至，其中一輛車停在歎叔身邊，車上的人拿出手槍。「歎叔，上返車先，我哋會護送你去小學。」

就這樣，我們被四部汽車包圍「護送」至目的地。三人在學門前下車後，幾個人上前檢查，確定我們沒有帶武器。

「歎叔，上面人齊，二叔公等你好耐，你哋跟我行啦。」一個貌似小頭目的人說。

「兄弟，佢哋車我嚟㗎咋，唔關佢哋事，」歎叔擋在我與豆豆前面，「放過佢哋啦。」

「我啲人認得呢條友架車，」小頭目指向我，「佢同揸貨車嗰條女都嚟過，跟住我哋就發現阿泰同兩個兄弟死咗！二叔公要佢親自交代究竟發生咗咩事！」

我們三人被十多個持槍的人押入明達小學。這裡由四幢單層建築組成，各據東南西北四個方位，中間有一個籃球場大小的操場，佈局像古裝劇中的四合院。

我第一次來這裡，果然如傳聞中那麼陰森恐怖，黑暗中彷彿鬼影幢幢，但我沒有感到太過害怕，泰哥的死，我與豆豆脫不了

關係，多半要陪葬。

等待死亡才最令人心寒。

「文仔，豆豆，對唔住，我累咗你哋。」橫越操場時歎叔說。

「死生有命，富貴在天，冇話邊個累邊個，係咪？」我不知怎地豁達起來，還是死到臨頭的自我安慰？

「其實我有啲嘢想講呀。」來到一間空無一人課室前，豆豆在我耳邊説。

「咩呀？」

小頭目講電話的聲音打斷了我們的對話。「二叔公，我哋就到喇。」

掛線後，我們一行人進入課室，幾個人合力扳開牆上的木板，露出一條剛好夠一人通過的破口，小頭目帶領我們過去，走了十多步看到一個山坡，一條石梯依山而建。我們沿石梯向上走了約莫一分鐘，就到了山坡頂部，再前行數十米，有一間破舊不堪的天主教小教堂。

我想起吳宇森電影中經常出現的場景，以及彌漫暴力美學的

激烈槍戰。

小頭目推開正門，坐在左右兩排十多行長椅的人，原本對着聖母像，都回頭注視我們，只有坐在最前排目光炯炯的長者沒有看過來。他懷中有一個熟睡的小女孩。

這裡塞滿超過一百人，座位不足，有些人坐在一旁的膠凳上，另外牆邊堆放幾十箱樽裝水。我認得這些東西都是五噸半女神送來的。她在通往明達小學的路上遇上我及撞死泰哥，應該是送貨後回程。

那長者和小女孩，分別是二叔公及妹頭。二叔公是傳媒及網上頻道常客，分享養生之道。我此時第一次親眼見他，他慈眉善目，一身休閒裝束，若不是耳聞過他的江湖事跡，怎看都像是在公園下棋的街坊。

「妹頭，你爺爺嚟接你喇。」二叔公在妹頭耳邊說。

妹頭睜開圓大睡眼，輕揉幾下，一看到歎叔便飛奔過來。

「爺爺，叔叔，」妹頭向歎叔及我打招呼。她看看豆豆，「呢個係邊個嚟㗎？」

「佢係爺爺嘅朋友，叫姐姐啦。」歎叔牽住她的手。

「姐姐。」妹頭有些靦腆。

「阿歎，啲嘢拎咗嚟未呀？」二叔公放手放在身後，慢慢走過來。

歎叔遞上記憶卡及旅行袋，一人接過記憶卡，插入手提電腦檢查；小頭目則提住旅行袋到一旁打開，說了幾句髒話，然後向二叔公說：「歎叔玩嘢呀！」

二叔公用疑惑的眼神看看歎叔，似乎不敢相信歎叔會耍花樣。他走過去瞄了旅行袋裡頭一眼，抓起一堆貌似鈔票的紙張。

「阿歎，」二叔公閃過一絲怒氣，但馬上平靜下來，翻轉旅行袋，把裡面的東西倒出來，「你咁樣算咩意思呀？」

「點解會咁㗎！」歎叔看着一地溪錢。

「我做當舖起家，講嘅就係一個信字，我就係靠住呢個字撈到今時今日。我唔係介意嗰一千萬，係介意連你都會呃我呀，你點解會變成咁㗎？」

歎叔十分委屈。「文仔，係咪你搞過袋錢呀？」

「我冇呀，」我看一看歎叔，又看一看二叔公，「我真係冇

呀！」

對了，一定是車房英！他趁住幫我換胎時，把下層的錢偷龍轉鳳！

「你跟咗我咁耐，」二叔公一手搭在歎叔的肩膀，「你應該知道呢我有咩後果。」

「我知，」歎叔嘆息，「不過可唔可以唔好喺我孫女面前……」

我知道他意思是不要在他孫女面前殺他。

「喂，二叔公，」坐在第五排走廊位的一個光頭男人站起，「我哋成班人等咗成個幾鐘，你有咩就快啲講，你啲私人嘢遲啲先搞啦。」

二叔公點點頭。「咁多位，阻多大家一陣，畀少少時間我處理埋一件事先。」

他望向我。「你見唔見到阿泰究竟係點死㗎？」

小頭目打開手機，向我展示泰哥的照片。

我把五噸半女神撞死泰哥的事説了，但略去在燒臘工場及英

記車房的遭遇。

小頭目打岔道：「點解我哋要信你呀？」

二叔公截住他。「你派幾個兄弟去搵送貨個女仔返嚟先，同埋去搵火牛同車房英返嚟。」

小頭目便吩咐手下分頭行事。

「喂，」光頭男人十分不耐煩，「我最多等多你哋五分鐘。」

「光頭，濠江華都未到，唔使咁心急。」二叔公說。

「濠江華條L樣仲點會嚟聽你X噏呀，二叔公，出面吹晒風話你要收山，咪當我哋傻先得㗎！」

「X你個臭街，咁同二叔公講嘢！」小頭目怒喝光頭男人。

二叔公向小頭目擺一擺手，示意他別說話。二叔公向光頭男人說：「我今日叫大家嚟，本來係想講我會開網約車公司生意，同埋我以後只會搞正當生意。」

「咁即係收山啦！」光頭說。

此話一出全場起鬨，不少人交頭接耳。二叔公大力拍手，所有人馬上靜下來。

「不過，我諗我暫時唔可以退落嚟住。大家都聽過有五個臥底混咗入嚟，阿泰已經搞掂咗四個，而第五個一直搵唔到，而就喺啱啱……」他望向光頭男人。

「你望向我做乜L嘢呀？在座咁多位大佬，我光頭出名有雷，邊個有事我係咪第一個出嚟擶先！」

「我已經捉到個臥底，佢話係你同啲差佬講掂數，你負責畀料，佢哋就唔搞你啲場，你點解釋呀？」

「冇證冇據你話咩L嘢都得㗎啦，我話你係臥底都得啦！你條死老鬼，我知你不嬲都唔L妥我，你驚我啲生意越做越大，會搶你個位吖嘛！」

此時，一個被反綁的年青男人，由幾個人從側門推進來。

「萬成，」二叔公向那年青人說，「你同光頭係咩關係？」

「我係臥底，光頭係警方嘅針，負責過料畀我。」

「萬成，你噏乜春呀！你收咗二叔公幾多錢呀！」光頭男人

轉向在座所有人大叫，「你哋唔好聽萬成亂講呀，佢係我啲場做睇場㗎咋！」

「你依家冇嘢講啦？」二叔公說。

「講你老味呀死老鬼，你擺到明屌 X 我啦 X 你老母！」

「咁多位兄弟，」二叔公掃視各人，謙和地說，「我同光頭有啲嘢傾，咁多位返去先，個會要遲啲先開到，真係唔好意思。」

二叔公的「逐客令」一出，超過九成的大哥就匆匆離場，不想惹麻煩，餘下的一成人為光頭男人說好話，直到小頭目眾手下拔槍才住口。

「唔關事嘅人走！」小頭目大喝。

「光頭，我哋幫你唔到喇，執生啦。」一個大哥拋下這句後，就與其他「唔關事嘅人」離開。

「依家冇其他人，你可以講真話未呢？」二叔公問光頭。

光頭大笑幾聲。「我成日同其他大佬講，使鬼個個月交數畀二叔公咩，自立門戶都得啦，一個就嚟收山嘅老鬼，使乜驚呀，但係個個都驚到瀨晒屎，唔 L 理我，原來你真係有啲料到，知道

我想利用差佬嚟埋你單，好嘢，好嘢。」

「光頭，我收山啫，未收皮㗎，」二叔公拿起那張記憶卡，「憑周家敏同馬交棟點可以喺我度攞到啲咁重要嘅嘢呀？但係有你呢個大佬就唔同講法喇。」

「唔使咁 L 多廢話喇，你想點吖？」

「交返啲場出嚟，你過外國過埋下半世，你覺得點吖？」

「我覺得唔錯，」光頭男人陰狠地笑一笑，搖搖頭，「不過我覺得你幾十歲人，早啲死會好啲。」

突然兩邊的側門及我身後的大門破門，十多人衝了進來，每人手中都有槍，重重包圍二叔公的人，沒收了他們的槍。

即將有一場大廝殺，我馬上抱緊豆豆，歎叔則抱住妹頭。

「文仔，呢度我嚟過幾次，」歎叔望向聖母像，在我耳邊說，「聖母像後面有道逃生門，有條隧道落山，一有機會你同豆豆帶埋妹頭一齊走。」

「咁你呢？」

「我就嚟唔得㗎喇，我頭先醒返嗰陣已經覺得有啲唔妥，成個人好虛，好似靈魂出竅咁，我捱到依家，可能只係迴光返照。」

我這才發覺歎叔雙目無神，面上的光彩驟然黯淡下來，彷彿老了十歲。我差點殺了他，但他有槍在手後卻沒有報復，估計是因為他知道自己命不久矣，想積些陰德，或想我照顧妹頭。

如果我大難不死，我會與太太一起養育妹頭。

「你個腦裝屎㗎？」光頭男人過來，用手指戳了二叔公的頭頂幾下，「你以為我會單拖嚟見你呢條老狐狸咩？冇幾手準備唔驚你陰 X 我呀。」

「你喺度隊冧我，你估你返得到出去咩？」

「我返出去沖涼捺骨都仲得呀，你出面啲人畀我搞掂晒喇，仲懵下懵下，」光頭男人向他的手下伸手，「攞把槍嚟，等我親手收條老嘢皮，睇到佢個死樣就眼冤！」

光頭男人接過手槍，但未及舉起，一下槍聲就響起。他肚皮噴出鮮血。二叔公手中不知何時拿住一把手掌大小的短槍，槍抵住光頭男人的下巴。「叫你啲人即刻放低槍！」

光頭男人的各手下紛紛叫喊「你唔好亂嚟呀」、「放咗光頭

哥」等話，卻被光頭「仲叫乜Ｌ呀，放低槍啦，想我死咩死蠢」的命令打斷。

待眾人拋下槍，歎叔一個箭步上前搶過光頭男人手中的槍，高高舉起，並掠到教堂中央。「咁多位大佬畀條生路行下！文仔，帶妹頭同你女朋友過嚟。」

所有人的眼光都投向歎叔，包括二叔公及光頭男人。

我雙手分別牽着豆豆及妹頭，走向歎叔。

「二叔公，得罪晒！」歎叔説着和我們跑向聖母像，有人從側門進來大叫：「有差佬呀！」

然後大隊身穿飛虎隊制服的人從正門衝入教堂，那個叫萬成的臥底乘亂奔向他們。

二叔公的手下拾回手槍，射擊飛虎隊，對方還擊，頃刻間槍聲此起彼落，一室火藥味。歎叔先推我們進隧道再關上門，隔絕另一邊的槍林彈雨。

隧道內是往下的斜道，只有簡單照明，勉強看到前路。我們一路下行，到了山坡底部有一道鐵門，正要推開時發現歎叔沒有跟上，我叫豆豆及妹頭等我一會。

我往回走十多米，見歎叔躺在地上，全無氣息，雙眼睜大，嘴角上揚，彷彿看到開心的事展露微笑，可能是重遇他死去的太太、兒子及新抱。

我不知道門外是怎樣的環境，便取去他的手槍，用以自保。

回到她們身邊，我用口形向豆豆表示歎叔已死。

「爺爺呢？」妹頭問我。

「你爺爺好快會嚟搵你，我哋出咗去先。」我不忍心告訴她真相。

「嗰陣我問爺爺 daddy、mammy 幾時返香港，佢都話佢哋好快會嚟搵我，但係到依家都冇返過嚟。」妹頭熱淚盈眶，「爺爺係咪唔會返嚟喇？」

豆豆早已泣不成聲，我強忍哭淚水，說：「你同姐姐企後少少，我開門睇下出面點先。」

我把門推開一道縫，探頭察看。外面是一條雜草叢生的行人路，隱約可見不遠處的明達小學入口，以及那邊一閃一閃的警車警車警示燈。「安全喇，你哋出嚟吖。」

豆豆拖着妹頭出來，我向豆豆說：「你快啲同妹頭去明達小學嗰邊搵警察，叫佢哋送你哋去安全嘅地方。」

「咁你呢？你係咪去搵你老婆呀？」

「係呀，遲啲聯絡你，行啦。」

「利記，我有啲嘢想同你講，」我正要向反方向走，豆豆拉住我的手，「其實啲錢……係我偷嘅，我去英記車房之前，喺山坡上面將一部分錢擺咗入帆布袋度，收埋喺樹林，因為我怕你會將啲錢交畀警察。對唔住呀，我真係好需要呢筆錢。」

我沒有怪她，如果是我爸爸急需動手術，我也這樣做，我介意的是豆豆一直不怕危險跟着我，是出於愛我，還是為了錢呢？

我沒有問她，因為真相往往難以接受。

「仲有一樣嘢我想講，其實我哋識咗咁耐，我都冇講我個名畀你知，因為我仲未肯定你對我嘅心意，不過……我又好想話你知我嘅真名。我叫張靜文，張學友個張，梁靜茹個靜，譚耀文個文。同我最親近嘅人會叫我靜文，希望你會記住我。」

「你哋行啦，」我吻了她一下，「我會記住你㗎，靜文。」

告別她們後，我沿小路一直走，看到一輛的士停在路口。擋風玻璃後面插着「暫停載客」牌。

我坐上後座。「司機，去錦田。」

「先生，我等緊人喎，搭過第二部啦，」他轉頭説話時，定睛看了我一會，「你咪嗰條白牌狗！」

「紅魔鬼！」

「落車啦，你見唔到『暫停載客』咩？」

「我叫你開車呀！」

紅魔鬼的後頸被手槍抵住，無奈抽起「暫停載客」牌，驅車前進。

「兄弟，鬼槍冇眼呀，放低把槍先啦，」我放下槍後，他又戰戰兢兢地問，「點解你會有槍嚟？你揸 Uper 搵唔到錢，出嚟老笠的士司機呀？」

「開車啦，咁多嘢問！」

「唉，早知會撞到你，就唔車二叔公嚟啦。」

「二叔公？」

「咪就係佢囉，唔通當舖嘅啲咩，我真係估唔到佢唔叫司機車佢，而係喺街截車。」「二叔公」是當舖掌櫃「朝奉」的俗稱。

「估唔到你啲的士佬都肯嚟明達小學，呢度咁偏僻，隨時空車出返去喎。」

「我咪同你講過囉，我好有職業道德㗎，係你唔L信之嘛。二叔公叫我等佢，依家你迫我開走架車，佢一定以為我冇口齒。」

「真係唔好意思，誤會咗你。」我剛才以為他「冚旗揀客」，才會對他這麼無禮。

「算啦，我哋呢行太多害群之馬，俾人叫的士狗同畀人針對都係自己攞嚟。」

正如「骨妹」一樣，很多人都誤解她們等同性工作者，其實也有很多只為客人提供按摩服務的專業技師，例如豆豆。我也曾經誤會過她。

以行業來區分好人壞人，真的非常愚昧。

我打電話給 Dickson，想問他車仔的狀況，但他依然沒有接

聽。我只好留訊息給他，說我先去周小姐的農莊。

網約車
殺人事件

RIDE
OR
DIE

▪ 14KM 原點

我再次來到錦田廠房林立的區域，那幾隻瘦骨嶙峋的野狗還在遊盪。我指示紅魔鬼駛入林蔭小道，來到農莊外面。

我還在猶豫是否要警告他不要向警察透露我的行蹤及有槍，誰料他先說：「我喺地盤向你拋毛巾，搞到你咁急煞車，跟住你尾架電單車就咁炒咗落坑。睇新聞話炒車嗰個人好似係差佬嚟，我求下你唔好爆畀人聽，最多呢程我唔收你錢吖。」

原來他當時知道林警長出了意外，卻不顧而去。

「好，一言為定！」其實我沒有現金，早就打算「搭霸王車」。

待的士調頭駛回小道，我掏出鑰匙正要打開大閘前，又撥了Dickson 的電話。

接通電話的提示音響起不久，便聽到大閘右邊傳來電話鈴聲。

鈴聲是 Dickson 最愛的日本動漫主題曲前奏。

我沒有掛線，走向右邊。面前是長得比我高的草叢，我慢慢鑽進去，每走一步，鈴聲就越接近，直到我到了一棵大樹前，看到地上一部電話在閃爍。

上面顯示來電者的名字是「利記」。

「Dickson，你係咪喺度呀？我係利記呀！」我叫一會他也沒有回應。

電話轉到去留言信箱，我沒有留言，掛斷電話，Dickson 的電話屏幕出現了我的未接來電及我通知他我會來農莊的訊息。

我好像想到了甚麼，越想越心寒。抬頭一看，漆黑中我隱約看到一雙球鞋。

我退後十多步，打開電話的電筒，照向大樹。

我順住球鞋往上看，見到 Dickson 的脖子繞住麻繩，被吊在樹枝上，雙目突出，伸出舌頭；他的喉嚨有一處明顯刀傷。

我問自己：為甚麼會這樣？到底發生了甚麼事？

我想放他下來，但他被吊得太高，我便跑回大閘，打算到裡面取梯子，開閘前我又想到一件可怕的事。

我拿着電話，猶豫了半分鐘，才撥通車仔的電話，大閘的左邊一處隨即閃閃生光，我不敢走近，只是用電筒照向那方，果然不出所料，另一棵樹上也吊着一個人，喉嚨也被割開。那是車仔。

我太過激動，雙腿發不出力，原地跪下。

我再問自己：為甚麼會這樣？到底發生了甚麼事？

莫非是二叔公透過 Dickson 的電話訊息，知道我會來這裡，想殺了我？不對，二叔公不會知道我認識 Dickson 及車仔，就算知道也找不到他們；找到了也不會殺了他們，況且二叔公殺兩個人何需如此轉折？一人一槍不就解決了嗎？

此時，小路傳來重型汽車聲，但駛來的卻是紅魔鬼的的士。我看真一點，的士不是駕駛而至，而是被倒推回來。

的士車尾離我半米時，我才反應過來——我要避開！我向橫一躍時右腿被車尾燈撞到，痛楚難當，在地上打滾幾下，才扶着圍牆勉強站起。

我看到的士夾在大閘與一輛五噸半貨車之間，車身被壓扁得只剩三分二長度，車內的紅魔鬼血肉模糊。

五噸半貨車的司機跳下車，慢慢走向我面前。

「利耀文，我話過你唔殺死我，我遲早殺死你。」五噸半女神拿着武士刀，刀柄印有道場的標誌。

這是 Dickson 車上的武士刀。

「係咪你殺咗我兩個朋友！」我質問她。

「殺唔到你，咪殺你啲朋友洩憤囉。」她哈哈大笑起來。

一定是她離開停車場後在附近埋伏，待 Dickson 接車仔時乘機殺了他們。「你癲㗎！你癲㗎！」

「無論我點講，Kaman 都係信你唔信我呀！你搞到我殺咗 Kaman 呀！你知唔知我好心痛呀！」

「你殺咗周小姐……」我透過農莊滲出來的光，望向坐在五噸半貨車內的周小姐，她雙目緊閉。她可以坐着而沒有倒下，是因為縛着安全帶。我之前看到坐在車上的周小姐，早就是屍體來的吧。

我暗暗摸向腰間的手槍，打算她一動手我就還擊，但手槍不見了，一定是剛才跳開時掉落。

她舉起武士刀迎頭劈下來，但我早有防範，我腿部受傷行動不便，但力量始終在她之上，埋身肉搏她一定不是我對手。我單膝跪下，作出起跑姿勢，然後往前一蹬，雙手抱住她的腰，把她壓在地上。

她的武士刀太長，近距離傷不到我。我一手抓住她拿刀的手

腕，另一隻手緊握拳頭，用盡氣力打她的面，我必須打暈她，否則我必死無疑！可是她用手蓋住面門，擋了我幾拳。她的手指格格作響，指骨爆裂。

我由直拳變為勾拳，攻她面頰，可是拳未到，她的膝蓋撞了我下體一下，那拳發不出力。她再接連猛撞，我感到全身神經都被痛感填滿，直入骨髓，馬上滾過一邊，離開她遠一點，但沒有放鬆她的手腕。

她的手離開面龐，伸入斜孭袋，我才看見她不只指骨裂開，連鼻骨也歪了。

突然，我原本深入骨髓的痛楚，變成實實在在的皮肉之痛。她從斜孭袋中抽出鋒利的鎅刀，割破我的胸膛，血液直灑向她，我想奪去鎅刀，她便揮向我的手，刀片深入虎口半吋，幸好我反應夠快，連忙縮手，否則手掌必會一分為二。

我坐起，放開抓住她拿刀的手，同時用沒有受傷的腳踹她胸口，把她踢開。她登時氣息不順，乾咳幾聲。

怕死的人永遠打不過不怕死的人，我不知道她怕不怕死，但我一定怕死，或者說我暫時不能死。

我一個打滾，竄入貨車車底，她深呼吸幾下，跑了過來，彎

下腰用武士刀向我亂揮，但我已爬了向另一邊。然後是「噹」的一聲，武士刀劈在汽車的底盤，應聲折斷。

我單腳站起，抓住車門門把，借力一躍，躍上腳踏，再從沒有關上的車窗空間鑽入貨車。我本想開車離開，但車匙不在。

四周忽然靜了下來，連五噸半女神的呼吸聲也猝然消失。

暴風雨前夕的平靜！

突然有透明液體潑了進來，弄得我渾身濕透。一股熟悉的氣味充滿車廂。

電油味！

「利耀文，」五噸半女神抓住窗邊爬了上來，露出半身，「睇你走去邊！」

她拿着車仔的打火機，但未及點火，我已扳開門鎖，用力推門，撞倒了她。

我爬過副駕駛上的周小姐，從另一邊推門而出，受了腳傷的我一落地便跌倒，那一邊五噸半女神已爬上變形的的士上，搖搖火機，居高臨下俯視着我。

嗞嗞嗞嗞嗞嗞嗞嗞嗞嗞嗞嗞……

一連串奇怪的聲音傳出，然後我聞到刺鼻的怪味。

我知道發生了甚麼事！

「你千祈唔好點火呀！」我大叫。

「你求我都冇用喇。」她大笑幾下，笑聲中帶着幾分失去周小姐的哀慟，又帶着快要手刃仇人的快感。

我拼盡最後一分力，連爬帶跌走向車仔被吊住的大樹。

五噸半火神指頭一動，火機吐出火焰。「Kaman，我同你報仇！」

我馬上撲向樹後，隨即是一聲巨大的爆炸聲，火光沖天。

的士被撞毀後洩漏石油氣，她不應該站在上面點火。

過了一會，我探頭觀看，大閘、的士及貨車正在燃燒，五噸半火神被炸得飛向小路後方。

我本想待大閘火勢減弱才進去，但火乘風勢，已經燒進莊內，

加上爆炸聲會引來警察，半秒也不可拖延，便打算強忍痛楚爬入圍牆，但圍牆足足三米高，就算我沒有受傷，怎樣跳也碰不到牆頂，必須借助可以踏腳的物件進去。

四周沒有垃圾收集箱，連雜物也沒有，只剩下五噸半貨車。我走近五噸半女神，在她身上尋找車匙。

「係咪 Kaman 呀？」我一碰她，她就雙手亂抓。原來她還沒有死，卻已大半身燒傷，氣若游絲，眼也睜不開，看來離死期不遠，「對唔住呀，我冇心殺你㗎，你係咪要嚟帶埋我落去呀？」

她為了周小姐做盡瘋狂事，我搞不清這是「痴心」還是「黐線」，只覺得她有如此下場，不禁有點戚戚然。

我找到車匙，登上燒着了的貨車，駛近圍牆。我爬出車窗，上到車頂，避開牆上的防盜尖刺，小心翼翼跨越去，正要跳下時的士輕微爆炸。我腳步不穩，沒有受傷的腿碰到尖刺，劃出一道血痕，我失去重心，硬生生墮入農莊。

我頭部着地，登時天旋地轉，趴在地上。

我聽到幾下歌聲。

快樂沒分好天與陰天

快樂常在你唇邊

快樂和你每天都相見

願身邊的你留一點

童年如新的帆船尋求歷驗……

這是我以往哄女兒睡覺的歌《童年》，她每晚都要我唱幾遍。

我抬頭一看，竟見到我的女兒。「琪琪，點解你會喺度嘅？」

我想伸手碰碰她，她卻退了一步。「利耀文，乜你個人渣仲未死咩？」

我爬向她，她退一步。「你唔認得我嚊？我係爸爸呀！」

「你唔係我爸爸。」

「你講咩呀？」

她彎下腰，雙手捧住我的頭，她的面部開始扭曲，一雙杏眼變得兩條線，嘴角延伸至耳朵。

「你落地獄啦！」

我雙眼一睜，哪有女兒的蹤影？原來我剛才暈了，發了一場可怕的夢。

我想站起，但雙腿已痛得不聽使喚，只好一下一下往前爬，好不容易才到達農莊盡頭的那幅牆。我掀去釘在上面的那塊布，露出了一道木門。我打開門鎖及木門，爬向通往地下室的木樓梯。

周小姐曾警告：「第二級樓梯爛咗，小心唔好踩落去呀。」

但此時第二級樓梯已經折斷，我從空隙往下望，忍不住失聲大叫。

「家敏！你點呀？」太太就在空隙之下，昏了過去。

幾小時前，我開車送太太到尖沙咀的酒店，她說：「可惜我冇時間。」她按壓兩邊太陽穴，從手袋拿出俗稱鐵丸的鐵質補充劑。她一直有缺鐵性貧血，總是昏昏欲睡，嚴重時甚至不省人事。

我說：「你啊下先，到咗酒店叫你。」

「如果到咗我都未醒，」她閉上雙眼，「你再兜下先，我應該過一陣冇事。」

不到十分鐘就能到達目的地，以我經驗，她沒有一個鐘不會

醒來。

她說的「可惜我冇時間」在我腦中縈迴，我真希望時間不再流動，或者香港沒有尖沙咀，那麼她就不會離開我。可是可惡的尖沙咀仍然存在，很快我們已經到達酒店。

「到喇。」我轉身向她說，但她繼續昏睡，我便在附近兜圈。

看到尖沙咀的途人笑得越開心，就顯得我越傷心欲絕。

失而復得後的得而復失，塵世間的痛苦莫過於此。

我不可以再留在這裡，家敏也不可以再留在這裡，我要她永遠留在我身邊。

我驅車至農莊，抱她到地下室不久，她睡醒了。「呢度係邊度嚟㗎？」

「我哋同琪琪嚟過嘅農莊。」

「做乜帶我嚟呢度呀？」

「你喺度等我一陣，我會去籌嗰二百萬。」說罷我匆匆跑出地下室，關上門，困她在裡面。

她一定是追上來時，踏破第二級樓梯，掉了下去。

我爬到她身邊，發現她壓碎了樓梯下「叔本華的偶然」石像，一塊碎片深入背脊。

「醒呀！醒呀！」我拍拍她的面。

她慢慢醒來。「好痛呀，好痛呀。」

「你行唔行到呀？出面着咗火，好快燒到嚟，我哋要快啲走喇。」

奄奄一息的她試圖站起，但又跌下。「你走啦，唔好理我。」

情況如此危急，就算她被捕，也只好打電話報警，可是這裡收不到訊號，我便沿樓梯爬回地面，但爬到一半，太太說：「耀文，喺你走之前，我有啲嘢想同你講，我驚我唔講會冇機會講。」

她誤會我想拋下她，我正想解釋，她已經說：「琪琪跌落樓之後我搵唔到你，唔知點算。當時我老闆啱啱嚟咗香港，就打電話畀佢，我只係想有人安慰下我，我當時同佢真係冇嘢㗎。不過之後佢對我好好，我哋先喺埋一齊。對唔住，我一直呃住你。」

「你已經有男朋友啦，咁你仲話仲愛我先唔同我離婚！」

「我最愛嘅人真係你，但係琪琪死咗之後我好抑鬱，如果唔係我老闆陪住我，我諗我已經跳樓死咗。」

「你可以返嚟搵返我㗎嘛。」

「但係我唔知點面對你呀，我一直都怪自己，如果可以快啲醒返，咁琪琪就唔會跌落樓。」

「咩醒返呀？」我十分疑惑。

她突然全身抽搐，雙眼慢慢緊閉，沒有動靜。我爬回她身邊，拍打她的面，她慢慢有了反應，可是十分虛弱，仍沒有睜開眼。

我看到她額上淺淺的傷疤，浮現當晚的事：我們不知又為了甚麼爭吵起來，好像是她說鋁窗的窗花有點鬆，叫我檢查。但我工作繁忙，拖了一個月，她便埋怨了我幾句。本來也不是甚麼大事，但我心情不佳，又喝了很多酒，一時控制不了情緒推倒了她，她的額頭撞在牆角。我自知理虧，便含糊地說了對不起，就衝門而出。

我整理了一下思緒，重組之後可能發生的事：太太額頭撞在牆角後不久暈倒，剛好貧血發作，但吃不了鐵丸，加起來便昏迷得更久，之後琪琪醒了叫不醒太太，非常擔心，就走到窗邊。我每次可以提早下班，差不多到家樓下，就會通知太太，叫她抱女

兒到窗邊向我揮手。

女兒一定是怕太太出事，到窗邊等我回來。

我想起太太在車上說：「道歉大晒呀？你殺咗人道句歉又得唔得呀！」

所以她的話不是比喻，而是暗示我真的殺了女兒？

另外馬交棟死前說：「利耀文，係你呀……係你殺死……」

他是想說是我殺死我最愛的女兒嗎？

如果真的如此，夢中的女兒就說得沒錯，我應該落地獄。

「耀文，點解你仲唔走呀？」太太慢慢張開眼，望着我說。

「我一定唔可以畀你死，死嗰個應該係我！」

我用盡全身氣力爬回地面，農莊已燒了大半，我出去後關上門，希望延緩火勢蔓延至地下室。

我正要打電話時，已聽到消防車的警笛聲，我和太太得救了！

忽然，火海中一個身影蹒跚地走近。那人已被燒得體無完膚，彷如地獄來的死神，卻不是拿着鐮刀。

是手槍。

《網約車殺人事件》
全書完

網約車殺人事件

RIDE OR DIE

■ 後記 

請選擇目的地：

後記

年青時看過不少小說及電影，通常我覺得精彩的都包含不少「巧合」元素，例如主角偶遇或無意中碰上某角色而帶動劇情，印象最深的小說是金庸先生的《天龍八部》，電影就有希治閣先生的《迷魂記》。

不過近年，很多影評都有「出現巧合情節是一大敗筆，令人瞬間出戲」等批評，理由是導演太懶，又用「巧合」串連故事。

巧合與否被視為故事的好壞指標，大概是疫情爆發時開始。那時人人留在家中，悶得發慌，串流平台成為打發時間的媒介，幾年間看電影或劇集的次數飆升，從而累積了不少觀影經驗，劇情的走向已猜到大半，「巧合」這位常客當然在他們預料之中，為之深感厭惡。

先不論「巧合」是否老套，我想說的是，人生就是由一幕幕老是常出現的「巧合」構成：出門時向左走或向右走、坐巴士或小巴去某地、午飯時選擇 A 餐廳或 B 餐廳，人生都有可能改寫。

電影經常有這一個橋段：某角色獨自走進後巷，被跟蹤者有機可乘痛下殺手。觀眾多半會想：為何如此巧合走入後巷？然而在現實生活中的我，就試過「如此巧合」走入後巷，原因不外乎不想兜大圈往另一端，或大路太多人便選擇少人的路。如果當時有人埋伏，我就寫不出這篇後記了。

可能是我想回歸創作或人生本源，或得到叔本華先生的加持，就「必然地偶然」寫成《網約車殺人事件》。

《網約車殺人事件》除了想說由偶然引發的悲劇，也想帶出人往往在循環不息的痛苦中轉圈，周而復始，也就是叔本華先生的鐘擺理論：人生正是在痛苦與無聊之間擺動往返。

人生就是一場悲劇。

我深信人生的本質就只有痛苦，所以前作《外賣殺人事件》及本作《網約車殺人事件》，都順理成章結局悲慘，沒有希望。

作者的痛苦通常建築在讀者痛苦之上。

最後，想向大家私心推薦我一直非常喜歡的譚耀文先生，他讓我知道，粵語歌可以有很多類型，同時都能夠觸動人心，特別推介他的《客途秋恨》、《自彈自唱》及《怕黑》。

感謝提供真實網約車故事為靈感的無名英雄，以及支持我的讀者。

網約車
RIDE
OR
DIE
殺人事件

網約車殺人事件

RIDE OR DIE

作者　艾石克

責任編輯　Venus Law
美術設計　陳希頤

製作　點子出版

出版　點子出版
地址　荃灣海盛路 11 號 One MidTown 13 樓 20 室
查詢　info@idea-publication.com

印刷　海洋印務有限公司
地址　黃竹坑道 40 號貴寶工業大廈 7 樓 A 室
查詢　2819 5112

發行　泛華發行代理有限公司
地址　將軍澳工業邨駿昌街 7 號 2 樓
查詢　gccd@singtaonewscorp.com

出版日期　2025 年 7 月 16 日
國際書碼　978-988-70671-8-4
定價　$98

點子出版
IDEA PUBLICATION

網約車
RIDE
OR
DIE
殺人事件